LA NOSTALGIE HEUREUSE

AMÉLIE NOTHOMB

LA NOSTALGIE HEUREUSE

roman

ALBIN MICHEL

IL A ÉTÉ TIRÉ DE CET OUVRAGE

Trente-cinq exemplaires
sur vergé blanc chiffon, filigrané, de Hollande
dont vingt-cinq exemplaires numérotés de 1 à 25
et dix exemplaires, hors commerce, numérotés de I à X

Tout ce que l'on aime devient une fiction. La première des miennes fut le Japon. À l'âge de cinq ans, quand on m'en arracha, je commençai à me le raconter. Très vite, les lacunes de mon récit me gênèrent. Que pouvais-je dire du pays que j'avais cru connaître et qui, au fil des années, s'éloignait de mon corps et de ma tête ?

À aucun moment je n'ai décidé d'inventer. Cela s'est fait de soi-même. Il ne s'est jamais agi de glisser le faux dans le vrai, ni d'habiller le vrai des parures du faux. Ce que l'on a vécu laisse dans la poitrine une musique : c'est elle qu'on s'efforce d'entendre à travers le récit. Il s'agit d'écrire ce son avec les moyens du langage. Cela suppose des coupes et des approximations. On élague pour mettre à nu le trouble qui nous a gagnés.

Il a fallu renouer avec Rinri, le fiancé éconduit de mes vingt ans. J'avais égaré toutes ses coordonnées, sans qu'il soit possible d'y voir une étourderie. C'est ainsi que de mon bureau parisien, j'ai appelé les renseignements internationaux :

– Bonjour. Je cherche un numéro à Tokyo, mais j'ai seulement le nom de la personne.

– Dites toujours, répondit l'homme qui ne semblait pas conscient de l'énormité de ma question – l'agglomération de Tokyo comptant vingt-six millions d'habitants.

– Le patronyme est Mizuno, le prénom Rinri.

J'épelai, moment pénible, car je n'ai jamais retenu les classiques, et je dis des choses comme « M de Macédoine, R de Rossinante », et au bout du fil je sens qu'on m'en veut.

– Un instant, s'il vous plaît, j'effectue la recherche.

J'attendis. Mon cœur se mit à battre fort. J'étais peut-être à quarante secondes de reparler à Rinri, le garçon le plus gentil que j'aie connu.

– Personne de ce nom à Tokyo, reprit-il.

– Pardon ? Vous voulez dire qu'il n'y a pas de Rinri Mizuno ?

– Non. Il n'y a pas de Mizuno à Tokyo.

Il ne s'en rendait pas compte, mais cela revenait à dire qu'il n'y avait pas de Durand à Paris. Rinri est un prénom aussi exceptionnel que, chez nous, Athanase, sans doute pour compenser la banalité de son nom.

– Comment vais-je faire ?

– Attendez, je trouve ici un numéro, je crois que c'est les renseignements japonais.

Il me dicta les 14 chiffres. Je remerciai, raccrochai et appelai les renseignements nippons.

– *Moshi moshi*, me dit une très jolie voix féminine.

Je n'avais plus parlé cette langue admirable depuis seize années. Néanmoins, je parvins à demander si elle pourrait m'obtenir le numéro de Mizuno Rinri. Elle répéta à haute voix son prénom avec l'amusement poli d'une personne qui prononce un mot rarissime pour la première fois, puis me pria d'attendre un peu.

– Il n'y a pas de Mizuno Rinri, finit-elle par déclarer.

– Mais il y a des Mizuno ? insistai-je.

– Non. Je suis désolée.

– Il n'y a pas de Mizuno à Tokyo ? m'exclamai-je.

– À Tokyo, si. Mais pas dans l'annuaire de la société Takamatsu, que vous avez eu l'obligeance d'appeler.

– Pardonnez-moi.

Dans les mystères de l'univers, il y aurait désormais celui-ci : pourquoi l'employé des renseignements internationaux français, à qui j'avais demandé le numéro des renseignements nationaux japonais, m'avait refilé celui de l'annuaire de la société Takamatsu, inconnue au bataillon, mais dont la standardiste était charmante.

Je rappelai les renseignements internationaux français et tombai sur un autre homme. Une brillante idée m'était passée par la tête :

– Je voudrais le numéro de l'ambassade de Belgique à Tokyo, s'il vous plaît.

– Un instant.

Il me brancha sur une ritournelle si indigente qu'au lieu d'agacer, elle inspirait une sorte d'attendrissement.

Dix minutes plus tard, tandis que mon esprit approchait du néant, l'homme me reprit en ligne :

– Cela n'existe pas.

– Pardon ?

Je ne savais plus de quoi nous parlions.

– Il n'existe pas d'ambassade de Belgique a Tokyo, me dit-il comme une évidence.

Il aurait employé le même ton pour me signifier qu'il n'existait pas de consulat d'Azerbaïdjan à Monaco. Je compris qu'il serait inutile de dire que mon père avait longtemps été ambassadeur de Belgique à Tokyo et que ce n'était pas si ancien. Je remerciai et raccrochai.

Pourquoi avais-je fait compliqué quand on pouvait faire simple ? J'appelai mon père, qui me récita par cœur le numéro de l'ambassade de Belgique à Tokyo.

Je composai le numéro et demandai à parler à mademoiselle Date, calculant qu'elle devait avoir à présent une cinquantaine d'années. Nous échangeâmes d'abord quelques effusions polies. Mademoiselle Date est la fille d'un ancien ambassadeur du Japon en Belgique, un peu mon négatif. Je finis par lâcher le morceau :

– Vous rappelez-vous, Date-san, ce garçon qui était pour ainsi dire mon fiancé, il y a vingt ans ?

– Oui, dit-elle d'un ton narquois, l'air de suggérer qu'une telle inconduite de ma part ne risquait pas d'être oubliée.

– Les fichiers de l'ambassade auraient-ils une trace de ses coordonnées ?

– Attendez un instant, j'effectue la recherche.

J'appréciai qu'elle n'ironise pas sur ma perte sèche de ses coordonnées. Cinq minutes plus tard, Date-san dit :

– Il n'est plus dans les fichiers. Mais je me suis rappelé que son père était le directeur d'une école de joaillerie, dont j'ai trouvé la présentation sur Internet. Votre... votre ami en est devenu le vice-président. Voici le numéro de cette école.

Je remerciai avec enthousiasme et raccrochai. À présent, il allait me falloir du courage. Je résolus de ne pas réfléchir et de l'appeler aussitôt.

Une standardiste décrocha. Je demandai à parler à Rinri Mizuno. Elle s'offusqua poliment, comme si j'avais voulu parler à la reine d'Angleterre.

— C'est que je téléphone de Paris, dis-je, ne sachant plus à quel saint me vouer.

Elle soupira, apitoyée, et demanda qui elle pouvait annoncer.

— Amélie, dis-je.

J'eus droit à l'équivalent des *Quatre saisons* par l'école Mizuno : on eût cru une mélopée pour voyage de noces nippon, dans les années 70.

Cinq minutes plus tard, une voix familière s'exclamait à l'autre bout du fil.

— Ce n'est pas possible, dit Rinri en un français impeccable.

— Quel bonheur de t'entendre ! m'écriai-je bêtement.

C'était ce que je ressentais. Cela faisait seize ans que nous n'avions plus eu aucun contact. Rinri était ce garçon d'une bonté absolue que j'avais rencontré vingt-trois années auparavant et envers lequel mon sentiment n'avait jamais changé : ni amour ni amitié, un genre de fraternité intense que je n'aurais pas vécue si je ne l'avais pas connu.

– Comment vas-tu ? me demanda-t-il avec enthousiasme

– Très bien. Et toi ?

Jamais banalités ne furent échangées avec tant de joie. Je me rendis compte que j'avais eu peur de sa réaction : cinq ans plus tôt, j'avais publié *Ni d'Ève ni d'Adam*, livre dans lequel je racontais notre liaison. Certes, le récit montrait le garçon merveilleux qu'il était. Mais il aurait pu m'en vouloir quand même. « Peut-être n'est-il pas au courant », pensai-je – typique de moi : quand je constate que quelqu'un ne m'en veut pas, j'imagine aussitôt quelque subterfuge, si profond est mon sentiment de culpabilité.

À croire que Rinri lisait dans mes pensées, car il dit :

– J'ai lu tous tes livres !

– C'est vrai ?

– Oui. Et je regarde toutes tes interventions télévisées sur YouTube !

Il lançait ses affirmations avec un entrain hilare qui contenait son opinion : il était clair qu'il avait trouvé tordants mes bouquins et mes passages télévisés. Ouf, je m'en tirais bien. Rinri est comme mes parents : il appartient à une catégorie de gens qui rient dès que je m'exprime. Je n'ai jamais compris cette attitude, mais elle ne manque pas d'avantages.

– Rinri, je vais me rendre à Tokyo fin mars. Est-ce que nous pourrons nous voir ?

– Avec plaisir.

– Je suis trop contente !

– Ton numéro ne s'affiche pas. Est-ce que tu peux me le donner ?

Je le lui dictai et l'invitai à s'en servir aussi souvent qu'il le souhaitait.

– Je t'embrasse très fort.

– Moi aussi.

Je raccrochai, bouleversée. Je ne m'attendais pas à ce que cela se passe si bien.

Sur ma lancée, je résolus d'appeler Nishio-san, ma gouvernante bien-aimée, à qui je n'avais plus parlé depuis le lendemain du tremblement de terre de Kobé, dix-sept ans auparavant. L'exercice me parut plus facile : elle était ma nounou, il n'y avait jamais eu entre nous de situations litigieuses. Certes, elle ne parlait rien d'autre que le japonais, langue que je n'avais plus utilisée depuis seize ans, mais ne m'en étais-je pas bien tirée avec la charmante fille de la société Takamatsu, ainsi qu'avec la réceptionniste de l'école Mizuno ?

Enhardie, je composai le numéro de celle que, petite, j'aimais à l'égal de ma mère. Quand on appelle le Japon, même les sonneries sont différentes ; je m'interrogeais sur ce phénomène quand une voix jeune et vive retentit :

– Êtes-vous Nishio-san ? demandai-je

– Oui.

Ce devait être l'une de ses filles. Elle ne pouvait pas être ma nounou, qui avait soixante-dix-neuf ans. Par acquit de conscience, je poursuivis :

– Êtes-vous Kyoko ?

– Oui, c'est moi.

Pas croyable. Elle avait conservé la voix qu'elle avait pour moi, quand j'avais quatre ans. J'aurais voulu le lui dire, mais mes moyens linguistiques me le permettaient à peine.

– Votre voix… incroyable ! répétais-je comme une demeurée.

– Qui êtes-vous ? demanda Nishio-san, perplexe.

– Amélie-chan, répondis-je.

C'est ainsi qu'elle m'appelait quand j'étais une enfançonne : la petite Amélie.

– Amélie-chan ! dit-elle avec autant d'attendrissement que si j'avais eu quatre ans pour de bon.

– Vous vous souvenez ?

– Bien sûr !

Les larmes aux yeux, j'avais de plus en plus de mal à parler.

– Amélie-chan, d'où m'appelles-tu ?

– De Paris.

– Comment ?

– Paris, en France.

– Qu'est-ce que tu fais là ? me demanda-t-elle comme si j'avais commis quelque bêtise incompréhensible

Je m'entendis répondre cette horreur :

– Je suis devenue un écrivain célèbre.

– Ah bon, dit Nishio-san, l'air de penser que je racontais n'importe quoi.

– Nishio-san, acceptez-vous d'être filmée avec moi pour la télévision ?

Plus exactement, c'était ce que je voulais lui demander. Mais je lui parlai dans un sabir abominable, si bien qu'elle répondit :

– Tu veux regarder la télévision avec moi ? D'accord. J'ai un téléviseur, tu peux venir.

– Oui. Non. J'ai tellement oublié le japonais. Des journalistes français veulent vous rencontrer. Acceptez-vous ?

– Tu seras là ?

– Oui.

– Je veux bien. Quand viens-tu ?

– Fin mars.

– D'accord. Comment vont tes parents ?

Elle me parlait comme à une gentille handicapée mentale qui se prenait pour un écrivain célèbre alors qu'elle n'était même pas capable d'articuler une phrase correcte.

Je raccrochai et me pris le visage dans les mains.

Le week-end suivant, je dînai avec mes parents. J'avais prévu de leur parler de l'imminence de mon voyage au Japon et de ces deux conversations téléphoniques. Au moment de le faire, rien ne sortit de ma bouche.

C'est un phénomène qui m'arrive souvent, surtout avec les miens : je veux confier quelque chose qui me paraît important et le mécanisme se bloque. Ce n'est pas physique, il me reste de la voix. C'est de nature logique. Je suis assaillie par cette interrogation : « Pourquoi le dirais-je ? » Faute de trouver une réponse, je me tais.

Ma sœur était là, pourtant. J'aime lui parler. Mais rien ne vint. Je me rassurai en pensant que je dînerais encore en leur compagnie avant mon départ au Japon : cette fois-là je leur annoncerais la nouvelle.

Je n'avais plus mis les pieds au pays du Soleil levant depuis décembre 1996. Nous étions en février 2012. Le départ était fixé au 27 mars.

Seize années sans Japon. La même durée qu'entre mes cinq et mes vingt et un ans, qui m'avait fait l'effet d'une traversée du désert. Les pires années furent les premières. À cinq ans, à six ans, je me cachais sous la table pour souffrir en paix. Dans cette pénombre, je reconstituais le jardin, la musique de mon éden, et le souvenir devenait plus vrai que le réel. Je pouvais alors pleurer les yeux ouverts, contemplant ce monde perdu que la force de l'hallucination ressuscitait. Quand on me retrouvait, on me demandait la nature de ce chagrin et je répondais : « C'est la nostalgie. »

Bien plus tard, j'ai découvert que celle-ci était

méprisée en Occident, qu'il s'agissait d'une valeur passéiste toxique. La cruauté du diagnostic ne m'en a pas guérie. Je demeure une nostalgique invétérée.

Quand on m'a proposé ce reportage sur les traces de mon enfance japonaise, j'ai accepté pour une raison simple : j'étais persuadée que le projet serait refusé par la chaîne de télévision. J'étais à cette époque à un stade de mon cerveau où je valais moins que rien : personne ne miserait un euro sur moi.

L'équipe s'étonna que France 5 mît trois mois à répondre. Je n'en étais pas surprise : le projet était si absurde que la chaîne ne prendrait sans doute pas la peine d'envoyer son refus, le silence suffisait à souligner l'inanité de l'entreprise.

En janvier, l'équipe m'avertit que France 5 acceptait. Je tombai des nues. J'allais donc vraiment retourner au Japon. Sidérée, je m'aperçus que cette perspective, à laquelle je n'avais jamais cru, m'enthousiasmait.

Seize années sans Japon. J'étais au bout du rouleau. L'imparfait ne se justifie pas : je suis au bout du rouleau. Nous sommes aujourd'hui le 11 mars : premier anniversaire de Fukushima.

La catastrophe m'a ravagée d'une manière que je ne parviens pas à dire. Quand l'horreur s'est produite, j'ai écrit un récit à la gloire du sublime nippon, que j'ai publié au bénéfice des sinistrés. Une goutte d'eau dans la mer, mais qui eut une conséquence imprévue : le Japon, qui avait cessé de me publier depuis *Stupeur et tremblements*, recommença à traduire mes livres.

Dans seize jours, je pars pour Osaka. J'essaie d'y penser. Pure perte : mon esprit se dérobe aussitôt. C'est trop énorme pour être appréhendé. Je sais que j'ai besoin d'être sauvée. De quoi ? D'un ensemble de choses dont beaucoup me sont inconnues. Si je savais précisément ce qui me menace, je serais sans doute déjà sauvée.

Le salut relève du mystère le plus bizarre. Le 21 décembre 2011, j'ai reçu un bonsaï d'une grâce exquise. Je l'ai installé dans mon appartement et appelé Swift. Deux semaines plus tard, Swift commença à mourir. Je courus chez la vendeuse autoproclamée spécialiste de cette espèce qui me dit :

– Votre bonsaï agonise.

– Je sais. Que me conseillez-vous ?

– Rien.

– Il y a forcément quelque chose à faire ?

– Contre la mort ?

– Il n'est pas encore mort. Tant qu'il y a de la vie, il y a de l'espoir.

Elle haussa les yeux au ciel.

– Ces boniments ne valent pas pour un bonsaï. Dès son enfance, il a vécu des tortures dont vous n'avez pas idée. Il ne tient pas à vivre, vous comprenez.

Je m'aperçus que la vendeuse était une dépressive qui attribuait ses pathologies à ses plantes, et je m'en allai.

Dans la rue, je passai devant un cinéma qui diffusait *Hugo Cabret* de Scorsese. L'horaire coïncidait. J'achetai une place et attendis dans la file, avec Swift dans les bras. Les gens me regardaient en secouant la tête. L'heure venue, je m'installai dans la salle. Swift, sur mes genoux, semblait sur le point de rendre le dernier soupir. J'osais à peine me représenter les tourments qu'on avait infligés à sa croissance pour le forcer d'être bonsaï. Apprécier cette espèce supliciée en disait long sur notre sadisme.

Le film commença. La première moitié m'intéressa peu et je fus tentée de m'endormir.

Dormir au cinéma est beaucoup mieux que dormir au lit : c'est du sommeil conscient. Mais la deuxième moitié m'emballa à fond et je m'éveillai à des émotions sélénites. La figure de Méliès me réconcilia avec la conquête de l'espace et je quittai la salle en exultant. Dans mes bras, Swift conservait un silence méditatif.

De retour chez moi, je déposai ma plante de compagnie près de la cafetière et continuai d'exister. Le lendemain, le bonsaï était ressuscité. Seulement, ce n'est plus un bonsaï. Il en a toujours le corps chétif, mais il produit désormais des feuilles aussi grandes que celles d'un baobab. Scorsese l'a libéré de son envoûtement de petitesse.

Lorsque Rinri m'a retéléphoné, sa voix n'était plus la même ; il parlait avec gêne :

– L'autre jour, quand tu m'as appelé, j'étais si content que je n'ai pas réfléchi.

– Réfléchi à quoi ?

– Ce livre que tu as écrit sur moi, *Ni d'Ève ni d'Adam.*

– Tu as un problème avec ce livre ?

– Tu l'as écrit il y a longtemps ?

– Cinq ans.

– Tu es sûre ?

– Oui.

– Je pensais que c'était beaucoup plus ancien.

– Qu'est-ce que ça change ?

– Ça change.

– Ah.

– Je t'embrasse.

Je ne compris rien à cette conversation. Clairement, il était soulagé. *Ni d'Ève ni d'Adam* était un livre dans lequel j'avais dit sur lui la vérité, à savoir qu'il s'agissait du garçon le plus délicieux et gentil du monde. Pourquoi digérait-il mieux mon éloge s'il était tardif ?

Du coup, j'appréhendais de le revoir. Je le souhaitais toujours autant, mais j'avais un peu peur.

Comme presque tous les adultes, j'ai des ex. Normalement, je ne les revois pas. Pourtant, dans la majorité des cas, j'ai de bons souvenirs d'eux. S'il m'arrive de les revoir, à mon plaisir se mêle une gêne que je ne peux traduire en mots. Je pense être en cela à l'image de notre société : pas aussi cool qu'elle se voudrait.

Ce coup de téléphone me chiffonnait. Je décidai cependant que revoir Rinri allait être fantastique. J'aimerais rencontrer sa femme. Peut-être le comprendrait-il.

Mon histoire avec lui avait duré deux années : 1989 et 1990. À l'époque, cela m'avait paru incroyable de rester si longtemps avec quelqu'un. Les gens affirmaient que nous allions nous marier. Pour ma plus grande frayeur. Le jour où ils cesseront de se mêler des affaires des autres, il fera chaud.

J'ai à nouveau dîné avec mes parents et ma sœur. Par inadvertance, j'ai lâché le morceau :

– Je pars au Japon.

Sidération. Dans ma famille, le Japon, c'est un mot sacré.

– Je pars le 27 mars, je reviens le 6 avril. *Métaphysique des tubes* vient de paraître en japonais.

Sans ce prétexte au demeurant exact, j'aurais eu l'impression d'annoncer que je partais pour un voyage d'agrément.

– Où iras-tu ? a demandé mon père.

– Six jours à Kobé, trois jours à Tokyo.

J'ai brièvement raconté mes conversations téléphoniques avec Rinri et Nishio-san. Tout le monde s'est exclamé et réjoui. Je me suis sentie soulagée, comme quelqu'un qui a accompli son devoir

Jusqu'à présent, mon idylle avec le Japon a été parfaite. Elle comporte les ingrédients indispensables aux amours mythiques : rencontre éblouie lors de la petite enfance, arrachement, deuil, nostalgie, nouvelle rencontre à l'âge de vingt ans, intrigue, liaison passionnée, découvertes, péripéties, ambiguïtés, alliance, fuite, pardon, séquelles.

Quand une histoire est à ce point réussie, on redoute de ne pas être à la hauteur pour la suite. J'ai peur des retrouvailles. Je les crains autant que je les désire.

Rinri a désormais mon numéro de téléphone à Paris. Hier soir, sur mon répondeur, j'entends une voix d'homme qui dit qu'il se réjouit de me revoir. L'espace d'un instant, je me demande de qui il s'agit. Ensuite, tout me revient ; l'effet est aussi bizarre que si j'avais vécu deux vies.

Il va de soi que j'en ai eu davantage. Mais la géographie délimite plus clairement le temps : ma vie japonaise a le mérite d'être moins mélangée à mes autres existences. C'est aussi cela que j'aime tant au Japon : ce que j'y ai vécu ne s'encombre pas de grésillements ou de passages à vide. J'y suis revenue à vingt et un ans avec le sentiment du commencement pur.

D'aucuns diraient qu'en de telles conditions,

n'importe quel pays ferait l'affaire. J'en doute. Je sais que j'avais besoin d'être subjuguée, d'avoir la foi. Le Japon suscite cela chez moi. Il est le seul.

Le 27 mars, quand l'avion décolla, je me demandai si, sans télévision et éditeur nippon, j'aurais pris un jour l'initiative de revoir l'archipel.

C'est le genre de question creuse à laquelle on n'a jamais la réponse. Néanmoins, je subodorais que non. C'est ce qu'il y a de plus absurde dans ce qui me tient lieu de personnalité. Je ne sais comment appeler cet aspect ridicule de mon être.

Autre manifestation de ce trait. Je rencontre quelqu'un qui me charme. Le quelqu'un me fixe un rendez-vous pour telle date. Je me réjouis. La date approche, ma joie grandit. Le jour J, je me rends au lieu du rendez-vous et en chemin, je sens que toute énergie me déserte. Je deviens si faible que je m'assoirais volontiers sur le premier banc public pour n'en plus jamais bouger

Cette pulsion de néant est d'une puissance folle. Je n'y ai jamais cédé, mais je l'ai éprouvée mille fois, sans qu'aucune explication me convainque.

C'est la même pulsion de néant, j'en suis sûre, qui m'a empêchée de retourner au Japon pendant ces seize interminables années. Pour autant, j'observe que j'honore toujours mes rendez-vous. Comme toutes les variétés de personnes existent sur cette planète, j'imagine qu'il doit y avoir des gens qui cèdent à cette pulsion profonde et qui, au lieu d'aller rejoindre l'être exquis, s'assoient sur le banc public pour n'en plus déloger. Je vois le peu qui me différencie de ceux qui se laissent écraser par l'appel du vide. Et ce constat m'emplit de terreur.

Ce qui me sauve, c'est que je tiens mes engagements. Les gens le savent. Pourquoi est-ce que je suis ainsi ? Je soupçonne le Japon d'y être pour beaucoup. Les Japonais font ce qu'ils disent, c'est simple.

Ainsi, personne n'a douté que, le 27 mars, je serais dans l'avion Paris-Osaka. Et cette certitude a largement contribué à ma présence à l'heure à l'aéroport. La boucle est bouclée : je suis d autant plus fiable que je retourne au pays de la fiabilité.

Je suis la seule à connaître l'effrayant secret, à savoir que j'ai failli demander au taxi de s'arrêter, quand le long du trajet j'apercevais un banc public.

La pulsion de néant n'intervient jamais quand il s'agit d'honorer un rendez-vous de travail ou de politesse, c'est-à-dire quand elle pourrait s'apparenter à un refus d'être obligée. C'est pour cela que je l'associe au néant : cette pulsion cherche à anéantir mes désirs les plus vrais.

J'imagine que je dois bénir la notion de civilisation, qui a contaminé de politesse les moindres aspects de nos engagements, sinon, j'aurais sans doute posé des lapins au monde entier.

Terre. L'avion aborde le Japon par le sud. Rien que de voir au loin, par le hublot, le sol sacré, j'ai le cœur qui bat la chamade. Il s'agit pourtant de Shikoku. Je n'ai jamais mis les pieds sur cette île. À la survoler, je mesure ce qui la différencie du Japon que je connais : elle est très peu peuplée et à peine urbanisée. La notion d'archipel est décidément bizarre. Si Shikoku en fait partie, pourquoi pas la Sakhaline ? Et les Kouriles ? Mais ne fâchons pas les Russes avec ces vieilles choses. Le litige devrait s'emparer d'échelles plus grandes. Après tout, vue de loin, l'Eurasie est une île. Pourquoi n'appartient-elle pas à l'archipel du Japon ? Et si instinctivement cette idée paraît absurde, elle a sa logique vue d'avion.

L'aéroport d'Osaka est à côté de la mer. Deux

secondes avant l'atterrissage, il n'y a toujours pas de sol sous les roues. Je rentre le ventre.

L'équipe de France 5 m'attend, arrivée la veille. Elle filme mes premiers instants sur ce sol. Je décide qu'elle ne me dérange pas. Qu'est-ce qu'une caméra peut percevoir de ce qui se passe en moi ? Elle capte les remous à la surface du lac. Je reste dans mes grands fonds, là où aucune lumière n'arrive jamais.

Nous prenons le bus pour Kobé. Nous longeons la mer de mon enfance ; en 1970, la baie d'Osaka était une décharge. Elle s'est prodigieusement assainie. Entre Osaka et Kobé, le tissu urbain ne s'interrompt pas. Le paysage n'a rien de joli et pourtant il me bouleverse. «Je suis dans le bus pour Kobé» est une phrase qui suffit à me plonger dans des régions intérieures de dévastation.

À la nuit tombée, nous arrivons à l'hôtel. Ma chambre surplombe la ville illuminée. Je ne sais pas ce que je ressens.

Récapitulons. Nous sommes le 28 mars 2012. Je suis un écrivain belge qui, après une très longue absence, retrouve le pays de ses premiers souvenirs.

La dernière fois que j'ai vu le Japon, c'était il y a seize ans, mais la dernière fois que j'ai vu Kobé, c'était il y a vingt-trois ans. Entre-temps, cette ville a été largement démolie par le tremblement de terre du 17 janvier 1995. Ce que je regarde par la fenêtre m'a l'air familier. Pourtant, ce ne peut pas l'être.

Celle qui observe est logée à la même enseigne. J'ai quarante-quatre ans. Si le temps mesure quelque chose chez un être humain, ce sont les blessures. Je pense n'en avoir eu ni plus ni moins que n'importe qui : beaucoup, donc. Loin de m'aguerrir, ce lot commun m'a mis le cœur à nu. Mes réactions sont plus fortes qu'avant. Rien que de voir cette ville réparée, je tremble. Là, dans un quartier que je ne connais pas, que je ne peux pas situer, il y a ma nounou, Nishio-san. Demain est le jour où je vais la retrouver. Cet énoncé m'écrase. Je ne serai pas à la hauteur.

Le 29 mars ne commence pas en douceur. Nous partons pour Shukugawa, le village de mes cinq premières années. Il faut prendre le train. En chemin, je m'aperçois qu'il s'agit plutôt de l'équivalent nippon d'un RER. Était-ce le cas quand j'étais petite ? Je l'ignore. Enfant, aller à Kobé me paraissait une expédition.

Les gares se succèdent. Leurs noms me sont familiers. C'est un beau jour de printemps. À chaque passage à niveau retentit une sonnerie qui n'a pas changé. Ce *ding-ding-ding* strident provoque une transe dans ma mémoire. Est-il prudent de revenir ?

À la gare de Shukugawa, nous prenons un taxi. Déjà, cela sonne faux. Un taxi à Shukugawa : pourquoi pas une Formule 1 à Cythère ? Au village de mon enfance, il n'y a pas de taxis. Que s'est-il passé ? Ce n'est plus un village, c'est une banlieue chic, un quartier résidentiel.

Un grand froid s'empare de moi. Bien sûr il y a eu le 17 janvier 1995 – plus personne ne l'appelle autrement, cela évite de le confondre avec le 11 mars 2011 – et je ne suis plus revenue ici depuis. Je dois m'attendre à des changements, il ne faut pas que je cède à mon démon du deuil, la vie l'a emporté, cela seul compte.

Dans le taxi, je me pétrifie. La caméra filme une pierre qui regarde autour d'elle. C'est une visite de courtoisie au pays des principaux souvenirs de son enfance. « Et comment va madame Ueda ? – Oh, la pauvre, son mari a péri sous l'effondrement du toit de leur maison, alors, vous comprenez, elle est partie, pour ne plus y penser. – Et le magasin de bonbons où m'emmenait Yasuyoshi ? – Depuis qu'on a reconstruit, on ne mange plus de bonbons ici, c'est devenu un pressing. – Et Yasuyoshi, est-il toujours là ? – Il est mort. – Quoi ? Il avait dix-huit ans quand j'en avais quatre ! – Accident de moto. »

Rester à la surface des choses est un talent que

je n'ai pas. Il faut que j'évite de trembler. Quand le tremblement s'empare de moi, c'est que le nerf est atteint : à ce moment, il n'y a plus rien à faire, je ne peux plus que trembler, non pas comme une feuille, mais comme une machine sur le point d'exploser.

— Nous y sommes, dit le chauffeur de taxi.

— Où ça ? est la question stupide que je pose.

— À l'adresse que vous m'avez indiquée.

La maison de mon enfance, donc. Je descends du taxi. L'Apocalypse, c'est quand on ne reconnaît plus rien.

Je prends mon visage poli pour interroger les lieux. À la place de la demeure où j'ai passé les premières années de mon existence, il y a l'équivalent nippon des résidences prétentieuses que l'on bâtit de nos jours à Verrières-le-Buisson pour se persuader de sa réussite sociale. Certes, on m'avait dit que la maison (quand j'entends la « maison », cela désigne toujours celle-ci) n'avait pas résisté au séisme. Une chose est de le savoir, une autre est de le voir.

Si je suis japonaise, c'est en cela : quand je sens que ma réaction émotionnelle va être trop forte, je me raidis. Mon corps rigide déambule dans la rue. On tend le micro vers moi, je dis une formule creuse sur l'écoulement du temps.

Je me rends compte que je supplie le lieu de m'adresser un signe. C'est idiot, comment cette demeure pourrait-elle me parler ? Pourtant, il se passe quelque chose. Par la porte de service, je vois sortir une femme de ménage qui porte un paquet de linge essoré, elle le met à sécher en le pendant à des cordes tendues derrière la cuisine.

Nishio-san, ma nounou bien-aimée, faisait pareil, au même endroit. Je la regardais, fascinée qu'elle parvienne à déployer les vastes draps, qu'elle transforme un chiffon en une étendue lisse.

Soudain, je pense que, depuis l'âge de dix-sept ans, c'est moi qui m'occupe de la lessive. L'unique continuité de mon quotidien à part l'écriture, c'est le linge, au point que je me fâche si quelqu'un s'en charge à ma place. Si j'avais l'obsession de l'hygiène, on pourrait le comprendre, mais ce n'est pas le cas. La vérité m'apparaît grâce à cette inconnue : pour moi, être lingère, c'est prouver que je suis la fille de Nishio-san.

Je contemple avec intensité cette femme qui pend des chemises mouillées. La caméra en conclut que c'est important et filme la femme.

— Nous allons nous promener dans le quartier, propose le réalisateur.

Docile, je marche dans les rues de ce qui s'appelle aujourd'hui Shukugawa. D'instinct, je prends le chemin de l'école mais quand je m'apprête à y entrer, l'équipe me l'interdit :

— Nous avons programmé l'école pour demain matin.

Une personne plus embêtante que moi demanderait le pourquoi de cette absurdité. Moi, non, je ne pose aucune question, je suis trop occupée à contenir mon cœur brisé.

Plus un chagrin est banal, plus il est sérieux. Tout le monde connaît cette expérience cruelle : découvrir que les lieux sacrés de la haute enfance ont été profanés, qu'ils n'ont pas été jugés dignes d'être préservés et que c'est normal, voilà.

« Arrête avec ta sensiblerie ridicule, me dis-je, il y a des choses plus graves, sur terre. » Je sais que c'est vrai et pourtant je pense le contraire. Une part délirante et convaincue de mon âme hurle que si Shukugawa était resté ce village désuet, l'univers serait sauvé.

Il ne l'est pas. Je marche au hasard et je rencontre un terrain de jeu. Ce n'est pas celui de mon enfance mais je ne suis plus à cela près. Je m'installe sur une balançoire et je fais ce qu'on fait quand on y est assis. La caméra me filme et le côté archiconvenu de l'affaire ne me dérange pas. Quand on joue le rôle de l'adulte sur la trace de ses premiers souvenirs, il faut s'attendre à ce genre de plan.

Je regarde vers les montagnes, qui de mon temps étaient désertes et mystérieuses. Des immeubles résidentiels les mangent bouchée par bouchée. Je sais que le petit lac vert, dont mes yeux repèrent l'emplacement à mi-hauteur de ce versant, est devenu un parking. Cette nécrologie pourrait durer longtemps, j'ai l'instinct de l'arrêter.

« Impose-toi l'exercice opposé, me dis-je. Qu'est-ce qui a survécu ? » Il me semble qu'il règne la même sorte de silence, entrecoupé d'aboiements de chiens dénués d'agressivité. L'air n'a pas changé non plus, je reconnais sa manière de caresser les joues.

Le silence et l'air, ce n'est pas si mal. Qu'est-ce qu'il me faut de plus ? Je souris pour avoir le moral et je marche en direction de la gare. Il suffit de suivre la ruelle en pente.

Et soudain, je tombe en pâmoison, le mot n'est pas trop fort. Pourquoi ai-je mis tant de temps à remarquer le caniveau ? C'est lui et aucun autre. Il y a identité absolue entre le caniveau de mon enfance et celui que je vois. Cet événement m'arrache un cri. Je longe le caniveau et où que je sois, je le reconnais, mon cœur prend les dimensions d'une citrouille, je cours et j'arrive à l'endroit où le caniveau se jette dans les égouts. Miracle ! Moi qui ai tant joué au poisson ou au bateau le long de son parcours, je me rappelle ce sentiment mythologique d'atteindre la frontière du monde qui coïncide avec la vaste bouche des égouts, la gueule ouverte du néant.

L'équipe me rattrape. La voix étranglée par l'émotion, je balbutie :

– Les caniveaux et les égouts n'ont pas changé.

Cette déclaration grandiose ne provoque aucune réaction. L'atonie polie de mes accompagnateurs signifie que j'ai dit une chose dénuée d'intérêt. Et je comprends que le sentiment le plus violent, le plus profond, le plus vrai, éprouvé en cette matinée de pèlerinage, est tout simplement vide de sens.

Nous quittons Shukugawa en taxi : Nishio-san habite un coin de banlieue sans connexion. En chemin, nous nous arrêtons pour une pause-déjeuner. Incapable d'avaler quoi que ce soit, je pars à la recherche d'un fleuriste à qui j'achète un rosier.

– C'est pour offrir ? demande la commer-çante

J'opine. Elle me fabrique un emballage très supérieur au pauvre rosier qu'il contient. Je vais transporter une corbeille digne de l'enterrement d'une diva.

Le taxi nous conduit jusqu'à une HLM de la périphérie de Kobé. L'immeuble est un peu sor-dide. Nous avons dix minutes d'avance, je me promène dans la cour où des enfants de quatre ans jouent au ballon. À l'heure dite, je monte au sixième étage. Les appartements sont accessibles par une passerelle extérieure. Les portes sont misérables. À côté de l'une d'elles, je reconnais les idéogrammes de Nishio. Le cœur oppressé je sonne.

La porte s'ouvre, je vois apparaître une très vieille dame qui mesure un mètre cinquante. Nous nous regardons d'abord avec terreur. Les retrouvailles sont des phénomènes si complexes qu'on ne devrait les effectuer qu'après un long apprentissage ou bien tout simplement les interdire.

Elle dit mon nom, je dis le sien. Au téléphone, sa voix m'avait paru jeune. Je n'ai plus cette impression. Elle m'invite à la suivre en commençant une litanie d'excuses. J'enlève mes chaussures, les membres de l'équipe font de même. Nous rejoignons Nishio-san dans une salle de séjour microscopique. Elle m'ordonne de m'asseoir sur une chaise et elle reste debout à côté de moi : nos têtes sont enfin à la même hauteur.

Je lui montre la caméra et lui demande si cela la dérange. Elle reprend sa litanie d'excuses, je la comprends très bien, ce que j'éprouve est pareil : nous sommes si gênées que la présence d'une caméra n'y change rien.

Je lui donne le rosier qui est aussi grand qu'elle. Elle le pose et le déshabille avec les remerciements stridents que je lui ai toujours connus. Puis elle revient se poster debout face à ma chaise et me dévisage.

– Tu ressembles à ta mère, finit-elle par dire.

– Comment vont vos filles, Nishio-san ?

– Je ne sais pas.

– Êtes-vous grand-mère ?

– Mes filles ont des enfants mais je ne les connais pas. Elles refusent de me voir.

Cette nouvelle me pétrifie. Nishio-san, femme pauvre et sans mari, a travaillé dur toute sa vie pour élever ses jumelles, et voici qu'elles la rejettent. J'attends une explication qui ne vient pas. Je sais qu'il ne faut pas la demander.

Comme Nishio-san est vieille ! Elle a presque quatre-vingts ans. Elle paraît encore plus. Ses cheveux blancs sont coupés court, elle porte un pantalon et un gros cardigan de laine. L'appartement est plutôt agréable, ce qui me rassure. Jusqu'à présent, nous ne nous sommes pas effleurées, ni dit quoi que ce soit qui témoigne de l'immensité de l'amour qui nous lie. Je sais que si je ne fais pas un effort, nous ne quitterons pas cette réserve.

Je réunis mon courage pour dire :

– Moi aussi, Nishio-san, je suis votre fille. Et je viens d'Europe pour vous voir.

Le miracle se produit. Nishio-san éclate en sanglots et me prend dans ses bras. Je suis toujours assise sur la chaise. Cette position ne convient pas, alors je me lève et j'étreins la petite femme frêle de toute ma force.

Nous demeurons interminablement ainsi. Je pleure comme j'aurais voulu pleurer à l'âge de cinq ans, quand on m'avait arrachée à ses bras. Il est rare d'éprouver quelque chose d'aussi fort. J'incline la tête vers celle de cette femme si importante et c'est alors que l'innommable a lieu : à cause des sanglots, le contenu de mon nez coule sur le crâne de ma mère sacrée. Épouvantée à l'idée qu'elle s'en soit aperçue, je lui caresse les cheveux du plat de la main, afin de nettoyer mon forfait. Au Japon, un geste aussi intime est d'une grossièreté folle, mais Nishio-san l'accepte parce qu'elle m'aime.

C'est une loi immuable de l'univers : s'il nous

est donné de ressentir une émotion forte et noble, un incident grotesque vient aussitôt la gâcher.

L'étreinte se relâche. Bouleversée, je tombe sur la chaise. Nishio-san ne veut toujours pas s'asseoir, sans doute pour garder le visage à la hauteur du mien.

– Habitez-vous ici depuis longtemps ?

– Oui. Depuis que le tremblement de terre de 1995 a détruit ma maison.

– Avez-vous eu à Kobé des répliques du 11 mars 2011 ?

– De quoi parles-tu ?

– Vous savez : Fukushima.

– Je ne comprends pas.

Je me tourne vers l'interprète, un Tokyoïte de vingt-deux ans, en le priant de m'aider. Avec douceur, il explique à ma nounou que je fais allusion au grand tremblement de terre du 11 mars 2011.

– C'est quoi ? demande-t-elle

Le jeune homme et moi échangeons un rapide regard. Dans les yeux de Yumeto, je lis : « Est-ce que je lui dis ? » Je secoue la tête pour refuser.

Ainsi, malgré la présence du téléviseur,

Nishio-san n'a pas capté la catastrophe de l'an passé. La vieillesse l'en a protégée. Je ne trouve pas utile de la mettre au courant. Si son cerveau n'a pas enregistré le drame, c'est que sa capacité de souffrance était saturée. À quoi bon infliger Fukushima à cette femme qui a vécu les bombardements de la Seconde Guerre mondiale ?

Elle me questionne sur mes parents, mon frère et ma sœur. Elle accueille mes réponses avec ces petites exclamations qui signalent qu'elle est suspendue à mes lèvres.

– Vous vous souvenez que quand j'étais enfant vous me laissiez manger dans votre assiette ? dis-je.

Elle rejette mon propos d'un geste de la main. Je ne sais pas si cela signifie qu'elle ne se rappelle pas ou que des choses aussi normales ne méritent pas d'être mentionnées.

À quoi sait-on qu'une personne âgée n'a plus toute sa tête ? Il y a comme un flottement. Ce n'est pas elle qui est perdue face à nous, c'est nous qui sommes perdus face à elle. Elle détient un savoir capital : elle connaît l'art de ne plus assimiler ce qu'elle refuse. Nous voudrions tous être capables de ce prodige.

Et si je lui parlais de mes livres, puisque au téléphone je lui ai dit que j'étais écrivain ? Une profonde absence de désir me convainc de ne pas aborder cette question. Je ne cherche pas à l'analyser, je m'y conforme.

Il est temps de partir. Je prononce la phrase rituelle :

— Vous devez être honorablement fatiguée.

Nishio-san se raidit. Elle salue poliment les gens de l'équipe qui sortent tous, me laissant seule dans l'appartement avec la femme cruciale. Alors, elle devient convulsive, me prend les poignets, puis m'étreint, puis me reprend les poignets. Ses yeux tragiques parlent une langue insoutenable.

Il y a une heure, je pensais que les retrouvailles, ce devrait être interdit. À présent, je pense que les séparations devraient l'être également. Je suis en train de transgresser ces deux tabous concomitants à une heure d'intervalle. Ma seule excuse, c'est que j'en ignorais l'essence tragique.

Nishio-san et moi tremblons comme des réacteurs. Elle dit qu'elle a honte, je dis que j'ai honte. Je me surprends à penser que je voudrais ne plus être ici. Il y a trop de souffrance. Je voudrais que l'arrachement soit accompli. À cinq ans, j'étais plus forte.

Une ultime fois, j'étreins la femme sacrée. Elle pousse un gémissement qui me donne l'impression d'être un monstre. J'ouvre la porte, je me retourne, je la regarde, elle me regarde, je ferme la porte derrière moi.

Un autre monde commence dans la cage d'escalier. Je titube jusqu'à Yumeto qui semble très bien comprendre ce qui m'arrive.

– Comment l'avez-vous trouvée ? dis-je.

– C'est une personne très âgée, répond sobrement l'interprète.

– Que dois-je faire ?

– Vous avez fait ce qu'il fallait faire. Elle était heureuse de vous voir.

Dans la voiture, je m'aperçois que je ne suis pas la seule à pleurer. La réalisatrice sanglote, le réalisateur a la larme à l'œil. Nous avons chacun une vieille mère, qui n'est pas forcément notre mère de sang, mais que nous vénérons pour des motifs immémoriaux.

Silence de mort dans le véhicule. Après dix minutes, je déclare :

– Cette fois, j'ai réussi à pleurer. Il le fallait.

– Nishio-san avait besoin de vos larmes, me dit la réalisatrice.

Bénie soit-elle ! Ses paroles me sauvent. Soudain, ma poitrine cesse d'être oppressée. Je respire enfin.

Une joie de rescapée circule en moi. J'ai réussi l'épreuve. Il peut arriver que le plus profond de nos besoins soit aussi la plus atroce des ordalies. Je mesure le miracle : Nishio-san et moi, nous nous sommes revues, je lui ai dit ce qui devait être dit, j'ai laissé circuler entre elle et moi un si terrible amour, et nous avons survécu.

Par la fenêtre de la voiture, Kobé me semble soudain une ville merveilleuse. Yumeto me demande si ça va, je dis oui. Désormais, il me parle japonais. Pourtant, il a bien remarqué qu'avec Nishio-san, je commettais trois fautes par phrase. Mais il semble penser que je suis bel et bien l'enfant de cette femme.

À l'hôtel, je bois une bière en contemplant Kobé.

La dernière fois que j'ai vu Nishio-san, c'était le 31 décembre 1989. J'avais vingt-deux ans et elle cinquante-six. Je me rappelle qu'elle n'avait pas cessé de rire. Nous étions allées ensemble célébrer le Nouvel An en sonnant les cloches des temples. Nous nous étions quittées après minuit, sans larmes. À l'époque, c'était la première fois que je revoyais Nishio-san après l'inhumaine séparation de mes cinq ans. L'émotion avait été intense et pourtant, je n'avais pas eu le cœur broyé comme cet après-midi.

À cinquante-six ans, Nishio-san m'avait semblé encore jeune et joyeuse. Nous nous étions promenées à Kyoto, où elle m'avait paru chez elle. Entre-temps, que de désastres : le tremblement de terre de Kobé a rasé sa maison, ses filles l'ont abandonnée. Je maudis le destin pour son acharnement.

Je m'imagine suggérant à Nishio-san de venir vivre avec moi en Europe. Elle me regarderait à bon droit comme une demeurée. En 1989, je lui avais proposé une sortie à Tokyo. Au téléphone, elle avait répété « Tokyo ? » comme elle aurait dit Uranus. Elle n'était jamais allée plus loin que Kyoto, qui lui semblait l'extrémité du monde connu. Nishio-san n'avait jamais quitté le Kansai et ne le souhaitait pas. Les récits qu'elle avait entendus au sujet du reste de l'univers l'en avaient convaincue.

« Et si toi, tu t'installais ici ? » me demandai-je. En 1989, c'était ce que j'avais essayé. Je ne regrettais pas cette expérience mais j'avais fini par comprendre que ma vie était ailleurs.

Mon existence regorge d'histoires de ce genre. Je ne compte plus le nombre d'arrachements qu'il m'a fallu supporter. Mais celui d'avec Nishio-san gardera éternellement la palme de la désolation, parce qu'il était le premier et parce qu'elle était ma mère.

On pourrait en déduire que ma mère de sang

n'était pas une bonne mère. Ce qui est faux. Celle que je nomme maman est une mère exceptionnelle, je sais mon privilège d'être sa fille. Mais le cœur est multiple et de même que l'on peut tomber amoureux plus d'une fois, on peut identifier plus d'une femme à la mère idéale. C'est le gage de plus d'émotion, de plus d'attachement, et de plus de deuil.

Au moment de me coucher, je songe que comparée à ce premier jour, la suite du voyage au Japon sera une aimable plaisanterie.

Il ne faut pas chercher de logique au tournage d'un documentaire. Le lendemain, 30 mars, nous retournons à Shukugawa, avec pour objectif l'exploration de mon école maternelle, dont je fus l'élève en 1970-1971.

Un mois auparavant, l'équipe m'avait demandé le nom de l'école.

« Elle s'appelle le yôchien », avais-je répondu.

Ce qui revenait à dire que l'école maternelle s'appelait « école maternelle ». Pour faciliter les recherches, j'avais ajouté qu'elle se situait à environ cinq cents mètres de la maison.

En route, la réalisatrice m'explique que le nom de l'école est Maria Yôchien : l'école maternelle de la Vierge Marie. Je tombe des nues.

– J'étais dans un établissement catholique sans le savoir ?

– Nous avons retrouvé des photos des enseignantes. Elles étaient vêtues en religieuses. Vous ne l'aviez pas remarqué ?

– Dans mon souvenir, elles étaient habillées en infirmières. Je n'avais jamais vu de nonnes.

– Vos parents tenaient-ils à ce que vous ayez une éducation catholique ?

– Cela m'étonnerait. C'était simplement le seul yôchien du quartier, et mes parents voulaient que j'aille à l'école japonaise.

Pendant le reste du trajet, je sonde ma mémoire, à la recherche d'une trace catholique liée au yôchien. En vain. Pourtant, à l'époque, je savais que cette religion existait. Mais je ne connaissais pas son imagerie.

Dans l'enceinte de l'école, la première chose que je vois est une statue de la Vierge. Je n'en ai aucun souvenir : j'en conclus qu'en 1970, j'ignorais l'identité de la dame. Pour le reste, je me rappelle tout : l'école n'a pas changé d'un iota.

Quand j'étais petite, j'avais le yôchien en horreur. Je ne comprenais pas au nom de quoi il me fallait quitter le jardin et les jupes de Nishio-san pour me mêler au troupeau des enfants et m'adonner en leur compagnie à des activités révoltantes, telles que chanter des chansons en chœur et jouer à des jeux abscons. En outre, j'étais l'unique non-Japonaise de l'établissement, ce que les autres mômes s'appliquaient à me faire sentir de cuisante manière.

Mais cela n'est pas à l'ordre du jour. L'équipe a averti les institutrices actuelles de la venue d'un écrivain belge qui se trouve être une ancienne élève. Une délégation de femmes bien mises – aujourd'hui, ce ne sont plus des nonnes – m'accueille avec cérémonie. Dans mon japonais de cuisine, j'explique qu'en 1970, j'étais dans la classe des pissenlits. Elles poussent des cris de joie. Ne sachant déjà plus quoi dire, je demande s'il existe encore une classe des pissenlits.

– Cette terminologie désuète a été abandonnée depuis longtemps, répond l'une d'elles.

Bien sûr. De telles appellations remontent à l'âge de la pierre.

– Désirez-vous visiter l'école ?

– Avec plaisir, m'entends-je dire.

Comme nous sommes en pleines vacances de printemps, l'établissement est presque désert. Nous passons dans des classes vides ; j'identifie sans difficulté celle qui fut la mienne.

– Le tremblement de terre de Kobé semble n'avoir rien détruit, dis-je.

– En effet, répond l'institutrice. C'est un miracle, car le quartier entier a été rasé.

– Je sais. À cinq cents mètres d'ici, la maison de mon enfance s'est écroulée.

Nous nous asseyons sur des chaises d'enfants. J'avise des ouvrages de couture et je m'exclame que j'en avais un pareil de mon temps. La dame propose poliment de constater les progrès que j'aurais pu effectuer ces quarante dernières années. Comme le ridicule ne tue pas, je commence à broder une fraise au gros fil rouge. La caméra n'en perd pas une miette. Une voix murmure en moi : « Tu as écrit de ton mieux des romans que tu espérais riches de sens, et voici ta récompense. » Je n'en tire pas moins l'aiguille avec application. La puéricultrice me félicite. Je ris pour ne pas crever de honte.

Arrive une femme avec un album rempli de photos de classes datant du néolithique. Nous examinons celles de l'année 1970-1971. J'ai l'impression de chercher un caillou dans un jardin zen quand soudain je reconnais une petite fille boudeuse dans un rang d'enfants sages. Je m'écrie :

– *Watashi desu !*

« C'est moi ! » Jamais de ma vie je n'ai prononcé ces mots avec tant d'intensité. Le terme de reconnaissance coïncide avec son autre signification, la gratitude. Voir cette photo me sauve : je ne savais pas que j'avais tant besoin de cette preuve. Au fil du temps, je m'étais laissé envahir d'un si profond sentiment d'irréalité que j'en étais arrivée à croire avoir inventé mon passé nippon. Cette angoissante hypothèse venait d'être renforcée par la disparition de la maison de mon enfance et les changements concomitants. Certes, Nishio-san m'avait identifiée, mais la suspicion que je nourris envers moi-même est si grave que cela n'avait pas suffi à me rassurer. Une part de moi persistait à me demander quel crédit accorder à une vieille femme qui n'avait pas remarqué le 11 mars 2011. Comment pouvait-elle être sûre que cet écrivain belge était l'enfant dont elle avait pris soin ? Tandis que sur cette photo scolaire, la vérité éclatait.

Aussitôt, les institutrices viennent vérifier le phénomène. J'ai si peu changé que c'en est drôle. Le réalisateur filme la photo en gros plan. L'album tient lieu de registre et d'archives. Pour les gens qui assistent à cette scène, c'est un moment amusant ou touchant. Pour moi, c'est une preuve. Je n'ai pas rêvé. Il y a bel et bien une continuité entre cette enfant et l'adulte que je suis devenue.

Je remercie les puéricultrices avec une chaleur qui les étonne. Elles m'offrent la fraise que j'ai brodée ; l'une d'elles court faire une copie laser de la photo de classe. Je reçois cérémonieusement ces vestiges d'inégale valeur.

L'équipe tient à me filmer dans la cour de récréation. Je vais m'asseoir sur les pneus et je réponds à quelques questions. Les institutrices nous rejoignent en brandissant deux feuilles : elles ont imprimé ce que le Google nippon raconte à mon sujet. Elles me demandent de dédicacer les pages pour le yôchien. Je m'exécute en dissimulant mon envie de rire.

Je leur avoue qu'à l'époque, je fuguais. Je me rendais aux toilettes de l'école, j'ouvrais la fenêtre, je sautais et m'évadais dans la rue. Elles ne s'offusquent pas et me montrent les nouvelles toilettes qui ne comportent pas de fenêtre. Sans rien dire, je bénis mon destin de ne pas avoir trois ans de nos jours.

Elles m'entraînent ensuite jusqu'à la deuxième cour de récréation et là, je tombe nez à nez avec le toboggan géant qui fut l'un des hauts lieux de mon enfance. À le retrouver, j'éprouve une joie indicible. Il n'y a rien à expliquer. Je caresse le fidèle compagnon de mes épopées révolues.

Dans le véhicule qui nous reconduit à Kobé, je me garde de parler. Flaubert le dit justement : « La bêtise, c'est de conclure. » Il n'y a pas de mot de fin à ce que j'ai vécu. On me filme dans le téléphérique de Kobé. Dans une sorte de béatitude simplette, je prononce des phrases que j'oublie.

Le train pour Kyoto est bondé. Est-ce que tous les habitants de Kobé veulent passer leur week-end dans la plus belle ville du monde ? Je ne peux que leur donner raison. Lorsque j'atteins ma chambre d'hôtel, je tombe sur le lit et je m'endors en pensant que je suis à Kyoto. Je rêve que je m'enfuis du yôchien par le toboggan géant.

Toute personne qui débarque dans la plus belle ville du monde est tentée de prononcer quelque solennelle sottise. La tentation est encore plus forte quand on écrit à ce sujet. Mais ne pas consacrer un mot à la plus belle ville du monde serait une ineptie. Bref, me voilà bien dans l'entre-deux des choix stupides.

Sur le chemin entre la gare et l'hôtel, la réalisatrice, une jeune Française pour qui ce voyage au Japon est une première, me dit :

– Je ne savais pas que Kyoto était une ville moderne. Je pensais que tout y était ancien.

Nous autres Européens ne savons pas que des villes comme Assise (pour ne citer qu'elle) sont des exceptions mondiales : le temps s'y est bel et bien arrêté. C'est cela qui est un miracle. Le temps ne s'est arrêté ni à Bombay, ni à Xian, ni à Kyoto.

En 2012, sur l'album *Bangarang* de Skrillex, prodige américain de vingt-quatre ans, est sortie une chanson intitulée « Kyoto ». De toute évidence, Skrillex a compris ce qu'est cette ville aujourd'hui : sa musique est d'une violence inouïe. Si on tend l'oreille, on entend la splendeur des temples, mais elle est insérée comme les bulles d'un temps autre dans la résine d'un tissu urbain délirant.

Certes, Tokyo est quatre milliards de fois plus moderne que Kyoto, mais c'est sa vocation de capitale et elle la maîtrise. Kyoto donne une impression de schizophrénie : la juxtaposition des époques y crée d'énormes différences de potentiel sans qu'aucun échange entre elles ne paraisse possible. Imaginez une ville qui soit à la fois aussi mystique et sublime que Pagan, aussi riche et bourgeoise que Bordeaux, aussi technologique et chaotique que Seattle : pour autant qu'une telle mixture soit imaginable, c'est ce qui évoque le mieux Kyoto.

La première fois que j'y suis allée, j'avais quatre ans. Mes parents avaient emmené leurs trois enfants voir le Pavillon d'or. Comme initiation à la beauté, ce n'était pas une demi-mesure.

Sans doute est-ce pour cette raison qu'esthétiquement, j'ai tendance à placer la barre trop haut.

On ne sait pas combien Kyoto est humide. À cause de cela, l'été y est aussi pénible que l'hiver. En 1989, quand j'y avais célébré le Nouvel An avec Nishio-san, j'avais découvert la torture de ce froid mouillé. Aux visiteurs, je recommande l'automne ou le printemps.

Nous sommes le 31 mars et le 1er avril. Les cerisiers du Japon en sont à leurs balbutiements. C'est un moment merveilleux pour renouer avec tant de magnificence. Le réalisateur s'en donne à cœur joie. Je lui sers de prétexte pour filmer des lieux célestes. J'essaie sans succès de lui suggérer que ma présence dans le cadre n'est pas indispensable.

Yumeto, le jeune interprète tokyoïte, est aussi heureux que gêné d'être là. La majesté des temples le remplit de fierté, le ton méprisant des habitants le consterne. «Quand ils m'adressent la parole, j'ai l'impression que je dois leur demander pardon», me confie-t-il. J'ai des amis romains qui, à Florence, ont eu une impression comparable.

Le soir, quand nous prenons le train pour Tokyo, nous sommes en overdose sensorielle. Nous ne sommes pas victimes du syndrome de Stendhal mais de ce que l'on pourrait appeler le syndrome de Mishima : si nous étions restés à Kyoto un jour de plus, nous aurions probablement incendié le Pavillon d'or.

Dans le train, nous calquons notre attitude sur celle des autres passagers : nous achetons des bentos, des canettes de bière Kirin, et nous ripaillons.

La télévision française a bien fait les choses en nous réservant des chambres dans un véritable hôtel tokyoïte. Nous nous retrouvons chacun dans un cagibi si exigu qu'il faut choisir entre ouvrir sa valise ou la porte des toilettes. Je choisis de ne pas choisir et je m'endors.

Je me réveille en pensant que je suis à Tokyo, la ville des folles aventures de ma jeunesse. D'un bon naturel, il me faut un certain temps pour me rappeler que j'y ai aussi connu la stupeur et les tremblements de l'entreprise. Qu'importe : je suis enchantée d'être là.

Sauf en été, Tokyo a le meilleur climat du

monde : splendide et sec. En ouvrant les rideaux, je reconnais ce ciel : il fait beau et c'est l'habitude. Dans la rue, je vois se promener un authentique proxénète, identifiable à son manteau de fourrure vert émeraude, à sa chemise noire et à sa cravate blanche. Ce signe de la permanence des choses intensifie mon excellente humeur.

Tokyo, c'est d'abord un rythme : celui d'une explosion parfaitement maîtrisée. Quand on y revient après une longue absence, on doit s'isoler quelques secondes en une sorte d'apesanteur pour réatterrir dans le tempo. Dès que les pieds sentent la pulsation, on y est.

J'y suis. L'équipe m'emmène dans le quartier des affaires. Je tombe des nues. Shinjuku, il y a vingt ans, me paraissait l'avant-garde du business. À présent, on dirait une base interplanétaire. Je croyais que la crise aurait freiné les changements : c'est le contraire.

On ne croise ici que des cols blancs. Plus exactement, on ne croise pas grand monde, puisque ces gens travaillent. De tels lieux semblent avoir été conçus pour qu'on y tourne des clips et c'est un peu ce que le réalisateur fait avec moi : nous inventons le clip de *Stupeur et tremblements*.

Nous montons au sommet d'un gratte-ciel et je suis filmée en train de me jeter dans le paysage.

Tokyo vu de haut : il n'existe pas plus vaste panorama urbain. Comme une nuée voile les montagnes environnantes, on a l'impression que la ville n'a ni commencement ni fin. Au centre, la titanesque protubérance du Palais impérial, entouré de son jardin et de ses douves, figure la tête chevelue de ce corps écorché. Le reste est la peau, tissu hérissé d'immeubles dont la taille varie en fonction des zones, qui s'étend à bord perdu.

De retour sur terre, nous nous rendons à Harajuku, le quartier des jeunes avant-gardistes. Le paradoxe de l'avant-garde est une certaine permanence d'aspect : je reconnais lieux et gens. Les adolescents qui peuplent ces rues n'étaient pas nés quand j'habitais Tokyo, mais ils sont les mêmes, à quelques détails vestimentaires près. Ici, s'habiller en geisha gothique est la moindre des choses, c'est presque déjà réactionnaire. Chacun vient arborer le look qu'il a inventé. L'esprit est celui de la franche monstration, ce que je trouve sympathique : on a le droit de contempler ces individus qui veulent être vus.

Ceux que j'avais dévisagés à Harajuku il y a vingt ans sont tous rentrés dans le rang depuis : quand ils ont atteint l'âge fatidique de vingt-cinq ans, ils ont troqué leur dégaine hallucinante contre un costume ou un tailleur assorti à leur coiffure plus sage. Ils ont été embauchés dans des entreprises, malgré l'achèvement de la bubble economy, et ils ne font plus parler d'eux.

Yumeto a vingt-deux ans. Je m'adresse à lui comme à un échantillon représentatif et je lui demande si cette génération tokyoïte, à l'exemple de la précédente, va se soumettre.

– Les autres, je ne sais pas, mais mes amis et moi, jamais, répond-il.

Ce propos me rassure.

Je ne m'ennuie pas quand je regarde passer les gens ; c'est encore plus vrai quand ils sont japonais. À Harajuku, chacun est spectacle Comparés aux Tokyoïtes, les excentriques du reste de la planète sont de petits joueurs.

À la tombée du soir, nous allons dans un bar à oxygène, du côté de Kabukicho. Il s'agit plutôt d'une série de couveuses : on nous fait signer une vingtaine de dérogations selon lesquelles nous acceptons de mourir au cours de cette expérience et on nous installe chacun dans un caisson où nous sommes bombardés d'un excès d'oxygène une heure durant.

Une hôtesse vêtue en infirmière vient fermer nos caissons en nous annonçant que nous allons éprouver des hallucinations du plus haut intérêt. Elle nous avertit qu'en cas de panique, nous pouvons appuyer sur le bouton rouge.

Au terme des soixante minutes, aucun bouton rouge ne s'est allumé. Nous échangeons nos témoignages : Yumeto et moi avons aussitôt sombré dans le sommeil ; la réalisatrice a senti monter une crise de claustrophobie contre laquelle elle a lutté par la méditation ; quant au réalisateur, il a passé l'heure à se demander où il avait oublié le rouleau de gaffer.

Le 3 avril, nous prenons le train pour Fuku-shima. De toutes les villes où nous nous rendons au cours de ce périple, c'est la seule que je ne connais pas. Après deux heures de trajet, nous arrivons dans une petite ville ordinaire entourée d'un massif montagneux. On chercherait en vain la trace d'un dégât ; nous roulons longue-ment dans une camionnette de location pour rejoindre la côte.

Nous traversons une zone vide. Le conduc-teur nous signale sobrement qu'avant le 11 mars 2011, ce lieu était habité. On ne peut qu'admi-rer le déblayage : pas l'ombre d'un débris. Nous sommes venus apprécier l'art d'effacer jusqu'au souvenir d'une catastrophe quand nous décou-vrons ce qui fut le port de la localité.

Les installations portuaires sont aussi

anéanties que si elles avaient été bombardées. Il faut un effort constant de la mémoire pour se rappeler qu'une telle destruction est l'œuvre de la nature : dans un saccage aussi laid, on croirait reconnaître la patte de l'homme.

Nous continuons notre route et nous débouchons dans la zone qui n'a pas encore été déblayée. « Apocalypse » signifie révélation : il nous est révélé le désastre.

Des moignons de maisons se dressent dans le néant. Comme les cadavres de Pompéi, la mort les a figées. Des chambres à moitié démolies nous montrent leurs entrailles. Devant des vestiges de portes, des alignements de chaussures racontent que ces gens étaient chez eux quand le tsunami s'est produit.

Le plus triste, ce sont les monceaux d'objets : les restes du festin – ce que la mort n'a pas eu l'appétit de finir. Des jouets d'enfants, des pinces à linge, des pantoufles.

Sur les murs de salles de séjour éviscérées, des tableaux de paysages idylliques nous disent que les habitants n'étaient pas riches mais qu'ils aimaient la douceur douillette de leur intérieur.

Un salon de coiffure décapité suggère que l'on veillait à avoir bonne apparence.

Une année et vingt-trois jours se sont écoulés depuis le drame. Il fait froid, gris, il souffle une bise de mort. C'est la solidarité du climat. Quelques demeures ont résisté : à les regarder, on comprend que la vague est tout simplement passée à côté, sans explication. J'essaie d'imaginer ce que ces miraculés ont pu ressentir et je n'y arrive pas.

La réalisatrice et moi sommes prises de crampes au ventre. Il n'est pas question de les soulager ici. Nous roulons jusqu'à une petite usine, un genre de coopérative proprette où nous demandons où sont les toilettes. Quand nous en sortons, nous regardons ces gens qui travaillent comme si de rien n'était. Il n'y a aucun doute : cette entreprise était déjà là le 11 mars 2011, ces salariés y travaillaient, tous ont eu un rapport direct avec la catastrophe, chacun y a perdu au moins un membre de sa famille. Or, leurs visages sont amènes. C'est à la fois admirable et sinistre. Un peu plus loin, nous tombons sur une équipe d'ouvriers qui s'occupent du déblayage d'une zone encore sens dessus dessous. Chacun manœuvre une grue qui semble le prolongement de son corps et même de ses mains : avec une précision et une patience sans exemple, chaque grutier trie les monceaux de débris et les entrepose soit sur le tas des textiles, soit sur celui du bois, soit sur celui du métal. Cela prend un temps insensé. Ce qui n'appartient à aucune catégorie est assimilé à la terre et laissé sur place.

Une étonnante colonie de hérons plane au-dessus de ce triage aristotélicien. Pour moi, apercevoir un héron a toujours été un événement. Je ne m'explique pas la présence de cette cinquantaine d'oiseaux rares à proximité des décombres. Ils ne viennent piocher dans aucun des amoncellements. On jurerait qu'ils sont là par curiosité, ou pour surveiller les grues.

Le conducteur de la camionnette nous signale que si nous voulons rentrer à Tokyo ce soir, il est temps de prendre la direction de la gare. Transis de froid et d'épouvante, nous lui obéissons et nous abritons dans le véhicule. Nous longeons la fameuse centrale nucléaire, en bord de mer, sans prononcer une parole. Aucun d'entre nous ne porte ces ridicules petits masques censés protéger des radiations : nous ne sommes là que pour quelques heures – et parmi ceux qui vivent ici, personne n'en arbore. D'ailleurs, qui croit qu'un bout de papier sur le nez et la bouche puisse quoi que ce soit contre une telle menace ?

Nous quittons ce paysage presque beau à force d'être horrible et arrivons à l'heure pour le train de Tokyo. Dans le wagon, nous voudrions être assis ensemble pour soulager nos cœurs, mais les billets achetés à la hâte n'ont pas les numéros qui l'autorisent. Il suffirait d'échanger une place avec la personne qui nous a précédés ; chaque fois que Yumeto le lui demande, elle répond calmement que c'est impossible. « Il faut respecter la numérotation », répète-t-elle, imperturbable. Nous essayons d'en rire.

Yumeto me prête son téléphone portable. Je m'isole dans les toilettes du train pour appeler Rinri

– Amélie, où es-tu ? me demande-t-il d'une voix joyeuse.

– Je reviens de Fukushima, je suis dans le Shinkansen.

– Fukushima. Ne penses-tu pas que ces pauvres gens ont assez souffert ? Fallait-il vraiment que tu y ailles ? dit-il de son ton pince-sans-rire.

— Tu sais bien que je ne connais pas la pitié.

— Quel temps avez-vous ?

— Médiocre.

— Estimez-vous heureux. À Tokyo, depuis deux heures, nous sommes dans un typhon grave.

— Tu n'as pas oublié que nous nous voyons demain après-midi ?

— J'ai tout oublié sauf cela.

Je lui donne l'adresse de l'hôtel.

— Prends garde au typhon. J'ai hâte de te revoir, dit-il avant de raccrocher.

Je pensais avoir l'habitude des typhons, mais celui qui nous attend à Tokyo m'impressionne — et encore, nous avons raté son point culminant.

Dans les rues, de rarissimes piétons s'efforcent d'avancer. Le plus impressionnant, ce sont les cimetières de parapluies : des pépins de plastique transparent, arrachés par les bourrasques, s'agglomèrent aux croisements et forment des installations spontanées.

Le 4 avril, l'éditeur nippon m'a organisé une interview. La journaliste m'attend à l'Institut français, ainsi que l'admirable Corinne Quentin, l'interprète français-japonais la plus connue de Tokyo. Je ne sais plus pour quel papier travaille cette journaliste mais elle déborde d'enthousiasme : elle a beaucoup aimé *Métaphysique des tubes*, paru au Japon en novembre 2011, et m'interroge avec alacrité. Souvent, je comprends ses questions sans l'aide de Corinne Quentin, et je réponds dans mon japonais de cuisine ; je parle presque exclusivement de Nishio-san, l'un des principaux personnages de ce roman. Quand je suis dépassée, Corinne vient à mon aide. Je tends l'oreille pour apprendre et j'ai des surprises. Pour traduire combien je suis nostalgique de mes jeunes années dans le Kansai, j'entends l'interprète dire « *nostalgic* » au lieu de l'adjectif « *natsukashii* », que je tiens pour l'un des mots emblématiques du japonais.

Après l'interview, dans le taxi qui nous conduit au restaurant réservé par l'éditeur, j'essaie de tirer cela au clair avec Corinne.

— « *Natsukashii* » désigne la nostalgie heureuse, répond-elle, l'instant où le beau souvenir revient à la mémoire et l'emplit de douceur. Vos traits et votre voix signifiaient votre chagrin, il s'agissait donc de nostalgie triste, qui n'est pas une notion japonaise.

À la question de savoir si la madeleine de Proust est nostalgique ou *natsukashii*, elle penche pour la deuxième option. Proust est un auteur nippon.

Au restaurant, nous sommes quatre, l'éditeur, Corinne, la traductrice du livre et moi, je découvre la traductrice qui est une femme extraordinaire : rien ne prédisposait cette hôtesse de l'air de la JAL (compagnie aérienne officielle du pays du Soleil levant) à traduire un texte littéraire.

— Vers l'âge de vingt-huit ans, comme je n'en pouvais plus de la JAL, je suis devenue hôtesse de l'air pour la compagnie aérienne autrichienne, où j'avais miraculeusement trouvé une place. Il a fallu que je m'installe à Vienne, où mes notions d'allemand, apprises au lycée, ne m'ont pas été inutiles. En 2001, dans un journal autrichien, je suis tombée sur un article consacré à une romancière belge qui m'a intriguée. Je me suis procuré vos livres en allemand et j'ai été emballée. *Métaphysique des tubes* était mon préféré. Or j'ai appris que suite à *Stupeur et tremblements*, l'éditeur japonais n'osait plus vous publier. (Elle se tourne vers l'intéressé.) Je me suis donc mise en contact avec vous et, au terme de longs palabres par Internet, je vous ai convaincu de publier *Métaphysique des tubes*. Vous y avez mis une condition pour le moins originale : que ce soit moi qui le traduise en japonais. « Mais je ne parle pas un mot de français », vous ai-je dit. « Aucune importance, avez-vous répondu. Vous seule avez le degré de passion nécessaire pour cette tâche. Prenez dix ans, s'il le faut. » Je vous ai pris au mot. Cinq années plus tard, j'avais une connaissance suffisante du français ; cinq annees supplémentaires n'ont pas été de trop pour traduire *Métaphysique* de façon littéraire.

Je regarde cette incroyable femme avec des yeux ronds. C'est d'autant plus fou que, d'après les critiques et d'après ce que j'ai pu en déchiffrer moi-même, la version japonaise est d'une finesse éblouissante.

L'ancienne hôtesse de l'air éclate de rire devant ma mine ahurie, sort de son sac un exemplaire français et me le tend.

– Regardez, c'est mon exemplaire de travail.

Je l'ouvre : en comparaison, la tapisserie de la reine Mathilde évoque la fraise rouge que j'ai brodée au yôchien. Le travail d'annotations au crayon remplit le moindre espace blanc. Chaque mot est entouré et relié à d'autres mots de la page, sans que je puisse établir de rapport logique ou sémantique entre eux et leur constellation. Je peux lire une cinquantaine d'idéogrammes (autant dire rien), ceux qu'elle a tracés en marge signalent un gisement de significations qui m'échappe. C'est aussi beau que mystérieux.

– Qui êtes-vous ? dis-je en la regardant comme une déité.

– Une femme de trente-huit ans, répond-elle en mangeant un oursin.

Son ventre est proéminent. J'essaie de l'ignorer.

– Oui, je suis enceinte de six mois. C'est pour juillet.

Nous la félicitons. L'éditeur prend la parole :

– *Métaphysique des tubes* est un succès au Japon. Nous en avons un indice flagrant : il n'existe pas une seule bibliothèque, dans la moindre bourgade des quatre îles du pays, qui n'en ait acheté un exemplaire. Autrement dit, n'importe quel citoyen de Morioka ou de Beppu peut décider de le lire en ayant l'assurance de se le procurer dans la journée.

Nous portons un toast au saké pour saluer cette nouvelle.

– C'est grâce à vous ! dis-je à la traductrice.

– C'est grâce à vous aussi, ajoute-t-elle en montrant son ventre.

– Comme vous y allez ! dis-je après une seconde de stupéfaction.

Elle éclate de rire. Corinne Quentin, l'éditeur et moi sommes perplexes. Elle nous laisse mariner dans notre gêne avec une délectation manifeste. Quand cela a cessé de l'amuser, elle saisit l'exemplaire crayonné, l'ouvre à une page et me le tend.

C'est au milieu du livre. J'ai trois ans et je nage dans la mer, à Tottori. Chaque mot est entouré, annoté – ces gloses ne me paraissent pas différentes de celles qui ornent les autres pages. Je lève vers la traductrice des yeux qui ne comprennent pas.

– Regardez mieux, dit-elle. C'est l'unique endroit du livre où j'ai dessiné.

Repérer un dessin parmi tant d'idéogrammes minuscules est une tâche digne de Champollion. Je scrute chaque caractère, en apnée. Je finis par repérer une sphère entourée d'un disque. Je lui désigne le signe cabalistique.

– Eh bien, vous ne lisez plus le français ? me demande-t-elle en souriant.

Je retourne au texte et je lis qu'à trois ans, je me trouve élégante comme Saturne avec ma bouée en guise d'anneau. Le sens du dessin m'apparaît.

– Saturne, dis-je.

– En effet.

– Je ne vois pas le rapport.

– Mon bébé est un garçon. Grâce à vous, je

sais quel prénom lui donner : je vais l'appeler Anneau de Saturne.

– Votre fils va s'appeler Anneau de Saturne ?! dis-je bêtement.

– N'est-ce pas merveilleux ?

– Sans aucun doute.

Ma réponse, pour émue et enthousiaste qu'elle soit, n'en masque pas moins une certaine appréhension. J'accorde une importance capitale aux prénoms de mes personnages, mais aussi aux prénoms des gens dans la réalité, et je ne suis pas sûre qu'il faille construire des ponts entre l'onomastique dans mes livres et dans la vraie vie. En 2004, ce ne fut pas sans gêne que je reçus un jour une lettre de jeunes parents qui m'écrivaient : « Nous venons d'avoir une petite fille et nous aimons tellement votre univers que nous l'avons baptisée Lili-Plectrude. » J'espère qu'ils s'en sont arrêtés là. Je ne voudrais pas avoir sur la conscience des spécimens traumatisés de se nommer Prétextat ou Épiphane.

Certes, l'onomastique japonaise est différente, on peut y inventer des prénoms à l'infini et on ne s'en prive pas, avec d'ailleurs une créativité et une poésie admirables. Et si Anneau de

Saturne est une idée superbe, je me demande à quel destin cela conduira le bientôt-né : danseur de hula-hoop, peut-être. Je préférerais toutefois jouer un rôle plus discret dans la vie de mes lecteurs.

À cet instant précis, à mon émotion se mêle le choc d'une coïncidence : mon éditeur français vient d'accepter de publier à la date habituelle mon nouveau roman intitulé *Barbe bleue*, et dont l'héroïne s'appelle Saturnine. Je me demande pourquoi je suis à ce point poursuivie par Saturne ces derniers temps et vu la personnalité de celui-ci, je fronce les sourcils.

– Vous n'aimez pas ? reprend la traductrice. Voulez-vous que j'en change ? Trouvez-vous que c'est une incursion exagérée dans votre œuvre ?

– Non non. Je suis bouleversée, voyez-vous On le serait à moins !

L'éditeur japonais semble penser que notre conversation devient trop intime et passe du coq à l'âne :

– J'ai été heureux de publier *Stupeur et tremblements* il y a dix ans. Néanmoins, dans ce livre, au sujet de l'entreprise nippone, vous auriez pu nous épargner ces excès.

Comme je suis sur son terrain, j'ouvre déjà la bouche pour aller à Canossa et dire un mensonge qui rétablira l'harmonie (quelque chose du genre : « Vous avez raison, j'avais une rage de dents ou de l'urticaire aux fraises quand j'ai écrit *Stupeur*... ») lorsque la femme enceinte me coupe la parole avec véhémence en s'adressant à l'éditeur :

– Vous plaisantez ? Il n'y a aucun excès dans *Stupeur et tremblements* ; bien au contraire, l'auteur a poliment adouci la réalité ! Moi qui vous parle, j'ai travaillé pour la compagnie aérienne japonaise pendant cinq ans et je vous l'affirme, c'était l'enfer sur terre et dans les airs ! Mille fois pire que ce qu'Amélie-san raconte dans son livre. Si j'avais le courage d'écrire sur la JAL, vous n'en croiriez pas vos yeux !

J'ai envie de l'embrasser. Je me contente de mordiller un bout de gingembre, en cachant comme je peux l'auréole qui plane au-dessus de ma tête.

Une femme enceinte a fait perdre la face à un éditeur en présence de son auteur : la situation est grave. Consciente du problème, l'excellente Corinne se hâte de tenter une diversion :

– Mon nom est Quentin. Comme transcription japonaise de mon patronyme, j'ai choisi Kantan, c'est-à-dire « simple ». J'aime m'appeler madame Simple.

– C'est charmant ! dis-je.

Cela ne suffit pourtant pas à détendre l'atmosphère. L'éditeur trouve un prétexte pour partir :

– Pardonnez-moi, je commets un impair, mais j'ai tellement de travail.

Je le remercie de m'avoir consacré de son précieux temps. Il va régler l'addition qui, vu la classe du restaurant, doit être salée, et nous laisse dans la salle de banquet isolée qu'il a louée pour la circonstance. L'hôtesse en kimono nous apporte le dessert : du sorbet aux fleurs de cerisier. La traductrice semble enchantée de se régaler aux frais d'un homme qu'elle vient d'humilier publiquement. Même si, sur le fond, Corinne et moi lui donnons raison, nous sommes très gênées.

– Puis-je vous inviter à prendre le thé ? me demande la femme enceinte.

– Ce serait avec plaisir. Hélas, c'est impossible : j'ai rendez-vous dans une demi-heure avec mon fiancé nippon d'il y a vingt ans.

– Rinri-san ? s'exclame la traductrice, décidément incollable à mon sujet.

– En effet.

Elle pousse un petit cri strident avant de dire :

– Êtes-vous sûre que ce soit une bonne idée ? Il doit être très en colère contre vous !

– Je n'ai pas eu cette impression au téléphone.

– Il cache son jeu. N'oubliez pas que c'est un Japonais.

Cette conversation commence à me mettre mal à l'aise. Je me lève en déclarant que si je ne pars pas aussitôt je ne serai jamais à l'heure.

– Vous avez raison, commente la traductrice. N'ajoutez pas un retard à l'offense que vous lui avez infligée il y a vingt ans.

Elle a réussi à me paniquer. Je prends congé des deux femmes, je cours dans la rue et je saute dans un taxi.

– Il faut que je sois à 15 heures pile à cette

adresse, dis-je au chauffeur d'une voix pressante.

Il est 14 h 30. L'homme aux gants blancs demeure imperturbable et conduit la voiture ni plus ni moins vite qu'il n'en a l'habitude. Pour moi, c'est le début d'une tempête sous un crâne. Pourquoi Tokyo est-il si grand et si inextricable ? Et surtout, pourquoi ce rendez-vous avec Rinri ? La réaction de la traductrice aurait dû être la mienne. Si j'avais un atome de sagesse, jamais je n'aurais pris un risque pareil.

La dernière fois que j'ai vu Rinri, c'était il y a seize ans, en décembre 1996, lors d'une séance de dédicaces à Tokyo. Un miracle ineffable s'était produit ce soir-là : le garçon avait été avec moi d'une délicatesse stupéfiante et nous nous étions quittés de la plus belle façon qui fût. La moindre des prudences n'était-elle pas d'en rester là ?

14 h 35. Il me semble que nous avons avancé d'une cinquantaine de mètres depuis tout à l'heure, c'est-à-dire un siècle. Ce rendez-vous va être calamiteux, et, comme l'a déclaré la traductrice, le retard ne va rien arranger. J'ai toujours eu un énorme problème avec le retard. C'est

d'autant plus étrange que je n'ai jamais eu de retard de ma vie. Mon problème ne concerne donc pas le retard mais l'éventualité du retard. Quand j'ai l'impression que je pourrais avoir une demi-minute de retard, je me sens si mal que je préférerais mourir. Je ne sais d'où me vient cette conviction que mon retard serait un crime inexpiable. Lorsque d'autres se permettent d'être en retard, cela m'agace, et pourtant je ne trouve pas qu'ils méritent la cour martiale. Seul mon retard est passible de mort.

D'où ma propension à arriver toujours avec une avance gênante. Au Japon, cela ne dérange guère : l'usage veut que l'on ait toujours un quart d'heure d'avance. En Europe et surtout à Paris, où l'immensité du retard est gage d'élégance, c'est embêtant.

L'unique explication que j'ai trouvée à ma pathologie est mon appartenance à l'espèce aviaire : les oiseaux n'ont jamais de retard dans leurs migrations, leurs pontes. Il leur arrive en revanche d'avoir de l'avance. Hélas, quand je suggère cette hypothèse aux hôtes consternés que je sois déjà là, ils rient jaune.

14 h 40. Ce n'est pas que l'angoisse d'être en

retard. Mon mal vient de plus loin. La vérité est que je fais tout de travers. Même naître : je suis née à l'envers. Mes parents attendaient un garçon, Jean-Baptiste. Naître par le siège fut ma manière de les avertir sans tarder de leur erreur, à une époque où l'on ne pratiquait pas l'échographie. La suite n'a jamais cessé d'être à l'avenant. C'est d'autant plus terrible que je cherche toujours à bien me conduire. Je ne suis pas quelqu'un qui se laisse aller ou qui s'en fiche.

Par exemple, Rinri : ce merveilleux garçon, sans aucun doute l'être le plus équilibré avec qui j'aie été en couple. Bien évidemment, il a fallu que je m'enfuie. Certes, je n'étais pas amoureuse de lui. Mais pourquoi ne l'étais-je pas ? Il était beau, charmant, gentil, intelligent, il avait de la classe, de l'humour.

Où sommes-nous ? Si ce chauffeur de taxi n'avait pas à ce point le visage de la rigueur, je le soupçonnerais de me berner. Je n'ai jamais compris Tokyo. Est-ce parce que c'est si grand ? Ni mon esprit ni mon corps n'en appréhendent la forme. Il faut préciser que dans ce domaine-là aussi, j'ai des lacunes : même avec Bruxelles, je n'y arrive pas. Tokyo m'évoque la logorrhée d'un maniaque : je ne vois pas la structure du discours, je ne parviens à dégager ni une phrase ni une ponctuation, je ne peux que me laisser traverser par ce flot inexorable et absurde. Je peux reconnaître un quartier comme je peux identifier un verbe, mais je ne sais pourquoi il est là. Je veux demander : «Qu'est-ce que tu racontes?» mais Tokyo ne me laisse pas en placer une. Alors, je me résous à ma perte.

14 h 45. Je voudrais être n'importe qui sauf moi. Ce chauffeur de taxi tokyoïte, par exemple. Ce doit être rassurant de porter des gants blancs dans sa voiture et d'être à ce point imperturbable. Sur la banquette arrière, il transporte une Occidentale aux yeux écarquillés qui ressemble à un volatile hypertendu et cela ne l'affecte pas le moins du monde.

C'est Zénon d'Élée qui a raison : le mouvement est impossible. Achille et la tortue, la flèche qui vole : non, ce ne sont pas des sophismes. Même en dehors des heures de pointe, le trafic tokyoïte empêche les véhicules de bouger. Il y a une illusion de circulation, une illusion infime. Je n'arriverai jamais au rendez-vous, retard ou pas retard, parce que le déplacement n'est pas une hypothèse crédible.

C'est encore plus grave : moi non plus, je ne suis pas une hypothèse crédible. J'ai tant de preuves de mon inexistence – et elles sont si écrasantes que je ne les exposerai pas : tout le monde serait convaincu. En vérité, dans ce taxi il n'y a que le chauffeur.

En Europe, je ne prends quasi jamais de taxi seule. On n'appelle pas un taxi pour soi quand on n'existe pas. Le métro bondé me dissout dans la foule, cela me convient. Là, j'ai outrepassé cette loi et j'en paie le prix. « Alors comme ça, tu existes ? Tu vas voir ! »

14 h 50. Essayons de savoir ce qu'une personne normale penserait à ma place. Vais-je reconnaître Rinri ? La dernière fois que je l'ai vu, il était bouffi. Pourtant, quand je pense à lui, je me le représente comme il était en 1989, mince et beau. Aura-t-il changé ? Et moi, ai-je changé ? Sûrement. Je ne m'inquiète pas trop, pour une raison simple : je n'ai jamais eu grand-chose à perdre sur ce plan-là. Pour reprendre la formulation génialement méchante de Balzac, à vingt ans, j'étais « une jeune fille d'une beauté modé-

rée». Cela ne s'est guère arrangé par la suite. Et si en 1989, Rinri ne cessait de s'exclamer que j'étais belle (ou plutôt que j'étais beau, car son français était encore rudimentaire), c'était parce que l'amour l'aveuglait.

14 h 55. J'ai envie de vomir. S'il me restait de la voix, je dirais au chauffeur d'aller plutôt à l'aéroport. J'ai un passeport et une carte Visa, rien ne m'empêche de partir. Je ne suis pas en état de rencontrer qui que ce soit, a fortiori le premier garçon qui m'a donné confiance en moi. Dire que j'avais peur d'être en retard ! J'espère bien finalement que ce taxi me mène en bateau. Pourvu que ce soit un enlèvement. Ce chauffeur travaille pour la yakuza, qui demandera une rançon à mon éditeur. Et ce dernier ne la versera pas, trop content d'avoir trouvé une manière si romanesque de se débarrasser de moi.

14 h 56. 14 h 57. 14 h 58. Je reconnais les abords de l'hôtel. 14 h 59. Je paie le taxi et descends. À 15 heures, j'entre dans le hall. Rinri m'attend.

Il n'a pas changé du tout. Il est exactement comme en 1989. Mince, beau, sobre, la nuque bien rasée. Le garçon bouffi de 1996 n'a jamais existé.

Je viens l'embrasser, il est très gentil. À peine quelques cheveux blancs. Il a quarante-trois ans. Cela n'a aucun sens.

— Je t'emmène, dit-il.

— Dans ta Mercedes blanche ?

— Non. Je prends le taxi, maintenant.

En chemin, il m'explique que nous allons visiter son école de joaillerie.

— Tu es mince, dis-je.

— Oui, quand tu m'as vu en 1996, je n'allais pas bien.

Je comprends de quoi il parle.

L'école Mizumo est un immeuble de six étages. Comme c'est les vacances, Rinri me le fait visiter en entier. Les ateliers déserts m'impressionnent.

— Depuis dix ans, nous nous diversifions. J'ai décidé qu'en plus des bijoux, nous allions créer des chaussures et des vélos, dit-il.

— Bijoux, chaussures, vélos. Quel est le point commun ?

– La beauté, me répond-il comme une évidence.

Pour illustrer son propos, il me montre les produits finis : des bijoux de la préhistoire, des chaussures du XIXᵉ siècle, des vélos du futur. C'est magnifique.

Le bureau de Rinri est une vaste pièce presque vide et sans fenêtres. Dans le tokonoma, il y a un vase si simple que je n'ose imaginer sa valeur.

– J'aime mon métier, déclare Rinri avec fierté. À présent, si tu acceptes, j'ai préparé un pèlerinage à pied dans Tokyo. Sur les traces de notre passé commun.

Nous partons tous les deux. Un pèlerinage à pied dans une si grande ville, cela me paraît aussi fou que s'il me proposait de marcher jusqu'à Jérusalem, mais c'est peut-être la pénitence que je mérite.

Au travers d'un dédale de ruelles, nous arrivons au cimetière d'Aoyama : la nécropole de la mégalopole. Ici reposent ceux qui sont morts dignement. On est soulagé pour eux.

En avril 1989, Rinri et moi avions passé une nuit entière sous les cerisiers en fleur du cimetière d'Aoyama, couchés sur une tombe. C'était interdit, bien sûr. Si nous avions commis cette infraction, c'était sans intention sacrilège : nous avions seulement constaté que ces cerisiers fleurissaient avec une ardeur particulière.

Avril 2012 : les cerisiers du Japon commencent leur déflagration. Rinri et moi ne disons rien. Nos pas nous mènent vers la tombe que nous connaissons. Nous avons l'air de nous recueillir en souvenir d'un disparu. C'est le cas.

– C'était très inconfortable, finit par dire Rinri.

– Oui.

Nous rejoignons l'allée centrale du cimetière. Choc : nous croisons le clochard que j'y ai croisé cent fois en 1989. Je le regarde jusqu'à ce qu'il ait tourné le coin et je m'exclame :

– Tu l'as reconnu ?

– Non.

– C'est incroyable : il n'a absolument pas changé. Il est enroulé dans le même tapis, il n'a pas pris une ride ni un cheveu blanc, son expression est identique. Plus de vingt années passées dans ce cimetière auraient dû le marquer.

– Il s'agit peut-être de son fils, dit Rinri le plus sérieusement du monde.

Trop stupéfaite pour réagir à cette énormité, je continue à marcher à côté du jeune homme de jadis.

Au sortir du cimetière, le temps est aboli. La déambulation devient infinie. Rinri me montre une portion de trottoir.

– Tu te souviens ?

– Oui.

Rinri me désigne une station de métro.

– Tu te souviens ?

C'est bouleversant. Notre mémoire parsème la ville.

Il m'emmène dans un bar de Roppongi.

– Ici, je ne me souviens pas, dis-je.

– En effet. Nous y venons pour la première fois. Jusqu'à quelle heure ai-je le droit d'être seul avec toi ?

– Jusqu'à l'heure que tu veux. Souhaites-tu me présenter ta femme ?

– Non.

Silence. Je finis par dire :

– Veux-tu rencontrer l'équipe qui m'accompagne ? Il y a la réalisatrice, le réalisateur et l'interprète. Ils ont bien compris que tu refusais d'être filmé. Je leur ai beaucoup parlé de toi.

Rinri prend son portable et fixe avec Yumeto un rendez-vous à 20 heures dans un restaurant. Deux heures nous séparent de ce moment.

Nous buvons du vin. S'ensuit un long dialogue dont Rinri commence chaque réplique par : « Te rappelles-tu que tu disais… »

Ce que je disais est pour le moins difficile à assumer. Chacun de mes propos anciens me plonge dans la perplexité.

– Tu ne te rappelles pas ? insiste-t-il.

– Si, je me rappelle. Mais je n'y pense plus.

Telle est ma sempiternelle réponse. Au cinquantième « Te rappelles-tu que tu disais… », je déclare :

– Rinri, pardonne-moi. J'étais folle.

Je baisse la tête, consternée du juste portrait de moi-même que je viens de proférer. Le pire, c'est que je ne suis pas sûre d'avoir changé.

– Mais non ! dit Rinri, stupéfait. Ce sont d'excellents souvenirs.

Je lève les yeux et vois qu'il me regarde avec une vraie fraîcheur.

– Nous avions vingt ans, poursuit-il avec un

sourire joyeux. Je me suis tellement amusé en ta compagnie.

« En ta compagnie » : personne ne parle comme cela, sauf Rinri. Il se méprend sur mon rire et continue, pour me persuader :

— Nous avions vingt ans. Tu comprends ?

La répétition, le rituel des souvenirs, tout me transforme en personnage de Tchekhov. J'éclate en sanglots. Mon comportement est aussi peu nippon que possible. Comment ai-je pu croire un instant que je pourrais appartenir à cette nation sublime ? Dans le bar, les regards m'évitent de façon significative. Ou alors j'ai atteint le comble de la paranoïa.

Imperturbable, Rinri me tend un paquet de kleenex. Ce n'est pas superflu. Au point où j'en suis, je n'ai plus peur de rien et j'ose enfin poser la question qui me brûle les lèvres depuis 1991 :

— Quand je me suis enfuie et quand tu as cessé de me téléphoner, que t'est-il arrivé ?

Il boit une gorgée de vin et répond posément :

— D'abord, j'ai été malheureux. Ma mère m'a alors sermonné : « Je suis très mécontente de toi. Conduis-toi comme un Japonais. » J'ai rétorqué que je n'avais aucune idée de ce que cela signifiait.

«J'en ai conscience. C'est pourquoi je t'ai inscrit à un cours de civilisation japonaise, à Londres. Tu pars demain.» J'ai cru à une plaisanterie, je me trompais. Le lendemain, je m'embarquais pour Londres, où j'ai bel et bien étudié la civilisation japonaise pendant deux ans. Tu aurais vu comment les professeurs et les étudiants, tous anglais ou pakistanais, me regardaient! Je n'en ai tenu aucun compte. Cet enseignement m'a passionné au plus haut degré. Ma mère avait raison : j'avais besoin de comprendre ma nationalité. Au passage, j'ai découvert Londres, qui est devenue ma ville préférée de l'univers. J'y ai acheté trois appartements.

– Sacré Rinri!

– Sacré moi. Ensuite, mon père m'a envoyé étudier la gemmologie pendant deux ans à Bâle. J'ai découvert les pierres précieuses : tu n'imagines pas combien c'est fascinant.

Je souris : cela me parle.

– Bâle est une belle ville, mais je ne l'ai pas aimée outre mesure. Je l'ai quittée sans états d'âme.

Dire que c'est moi qui ai enseigné le français à ce gars!

– Enfin, j'ai parachevé ma formation de joaillier à San Diego, en Californie, durant deux années.

– Pourtant, en 1996, tu étais à Tokyo : nous nous y sommes vus.

– Je n'y étais que pour un bref séjour. Le reste du temps, je vivais en Californie : cela me plaisait. Il y a quelque chose, là-bas.

– Je sais.

– Et puis je suis revenu au Japon ; grâce à Londres, je suis tombé amoureux de mon pays. J'ai perdu du poids. Le plus naturellement du monde : j'ai appris à aimer la cuisine japonaise. Mon père m'a nommé vice-président de l'école, ce qui était une manière discrète de prendre sa retraite. Il est le président en titre mais il n'y vient plus guère. J'ai apporté ma touche personnelle : les chaussures et les vélos, par exemple. J'aime passionnément mon métier.

Je suis éblouie par ce récit.

– En 2003, mon fils est né.

– Tu as un fils !

– Oui. Il est mon unique enfant.

– Comment s'appelle-t-il ?

– Louis.

Ce prénom, redevenu à la mode en France, m'apparaît dans sa bouche comme une excentricité de plus.

– Parle-moi de lui.

Un Occidental sortirait une photo de son portefeuille. Rinri a un sourire exquis.

– Il me ressemble. Plus encore par le comportement que par le physique. Quand je dois hausser le ton sur lui, j'ai l'impression que c'est moi que je réprimande.

– Quelle langue parle-t-il?

– Français avec sa mère, japonais avec moi.

– J'aimerais le rencontrer.

Silence. Peut-être suis-je allée trop loin.

– Je parle, je parle, et toi tu ne dis rien.

– Tu as lu mes livres, tu sais tout.

Il a un drôle de sourire, l'air de penser que je me défile. Il me demande des nouvelles de mes parents et de ma sœur. Comme j'achève de les lui donner, son visage s'exalte.

– Quand Juliette est venue te voir à Tokyo, l'été 1989, tu me l'as présentée.

– Je me rappelle. Ma sœur t'aime beaucoup.

– Elle avait cuisiné pour moi.

– Tu es sûr?

– Et comment ! Elle m'avait préparé la meilleure spécialité de cuisine française de l'univers.

Rinri soulève le menton, transi de plaisir au souvenir de ce mets.

– Qu'était-ce donc ? Je ne me souviens pas.

– Cela portait un nom étrange. Je n'en ai jamais remangé depuis. Une délicatesse ! Au fond d'un grand plat ta sœur avait disposé diverses viandes hachées mêlées d'oignons. Au-dessus, elle avait étalé une purée de pommes de terre qu'elle avait pressées elle-même, ce qui était étonnant pour une si frêle créature. Le tout gratiné au four.

Il ferme les yeux avec recueillement.

– Du hachis parmentier, dis-je.

– Oui ! Quel raffinement !

Je ris. Ma sœur est un personnage extraordinaire : je lui présente un amoureux nippon et elle lui prépare du hachis parmentier. Je suis très fière d'elle.

– Comment se passe le tournage du documentaire ? demande-t-il.

Je lui raconte Nishio-san. Au terme de mon récit, je dis :

– La mémoire est une aventure bizarre. Nishio-san se rappelle les moindres détails de moi enfant, mais elle ne se rappelle pas Fukushima.

– Il me semble normal de ne retenir que les catastrophes les plus graves.

J'éclate de rire.

L'équipe nous attend au restaurant. Les réalisateurs regardent Rinri avec curiosité ; même Yumeto ne peut s'empêcher de le dévisager une demi-seconde.

Rinri, lui, est parfait :

– Aimez-vous la cuisine japonaise ?

Il commande pour nous des mets dont la nature nous échappe.

– Mon pays vous réserve-t-il un accueil agréable ?

Le réalisateur ne tarit pas d'éloges sur la photogénie des êtres et des choses.

– Je trouve courageux que vous vous soyez rendus à Fukushima, dit Rinri. Le 11 mars 2011, j'étais à Tokyo. C'était le jour de la remise des diplômes, j'avais loué pour la circonstance un étage d'un immeuble de prestige. Je prononçais un discours devant mes élèves endimanchés quand le séisme a commencé. Aussitôt, nous avons su que cela n'avait rien à voir avec la secousse hebdomadaire qui amuse les enfants. La plupart des étudiants ont été renversés – et cela continuait, cela semblait ne jamais devoir s'arrêter. Nous étions au vingtième étage, il n'y avait plus qu'à attendre la mort. Nous avions trop peur pour crier. Mon unique pensée a été pour Louis : « Mon fils va mourir à huit ans. »

– Où était-il ? demandé-je.

Halluciné par son récit, Rinri ignore ma question et continue :

– Et puis, cela a cessé. Stupéfait d'être en vie et de constater que personne n'était blessé, j'ai ordonné à mes étudiants d'évacuer les lieux dans le plus grand calme. Les ascenseurs ne fonctionnaient plus, nous avons descendu les vingt étages à pied. Dans la rue, chacun est parti dans sa direction. Tu aurais vu Tokyo : plus de métros, plus de trains, plus rien, bref, les gens ne pouvaient que marcher. J'habite toujours la demeure que tu as connue : il m'a fallu marcher quatre heures pour l'atteindre, dans l'angoisse. Quand je suis arrivé, Louis était là, indemne. Quel soulagement !

– Y a-t-il eu beaucoup de morts ? demande la réalisatrice.

– À Tokyo, très peu. Dans la province de Sendai et à Fukushima, je crois que vous êtes au courant.

– En effet.

– Nous avons la réputation d'être un peuple raisonnable. Sans doute en avons-nous l'apparence. Pourtant, j'ai été sidéré et je le suis encore par les réactions irrationnelles de mes compatriotes. Je suis le premier à me montrer solidaire avec les sinistrés. Mais savez-vous qu'à Tokyo, je connais de nombreuses personnes qui, au nom de ce qu'ils appellent la solidarité, se nourrissent exclusivement de légumes qui ont poussé à Fukushima ?

– Pas croyable.

– Un tel phénomène ne peut se produire qu'au Japon, dit Rinri d'un air terrible.

– C'est beau, dit la réalisatrice.

– Vous trouvez ? demande Rinri d'un air sarcastique. Pour ma part, je trouve ça imbécile et ridicule.

Arrive une soupe d'algues.

– M'en voulez-vous si ces algues ne proviennent pas de Fukushima ? demande-t-il.

– Je te pardonne, dis-je.

– Le plus fou, poursuit-il, c'est qu'à un kilomètre de la centrale de Fukushima, le long du rivage, on vient de déblayer une stèle vieille de mille ans. En japonais ancien, il y est écrit : « Ne bâtissez ici rien d'important. Ces lieux seront ravagés par un tsunami gigantesque. » On n'en a pas tenu compte, hélas. Or, avant d'être renversé par la catastrophe, cet avertissement du passé était bien visible et lisible de tous.

Nous mangeons avec gravité.

– Depuis le 11 mars 2011, reprend Rinri, la vie a changé. Beaucoup de gens ont quitté le Japon et même si je ne le ferai jamais, je peux les comprendre. Nous sommes hantés. Nous avons perdu l'insouciance. Nos existences nous pèsent.

La profondeur de notre silence atteste notre degré de compréhension.

Nos bols sont enlevés. Rinri secoue la tête comme s'il sortait d'un cauchemar.

– Parlons d'autre chose.

– Que pensez-vous du livre d'Amélie qui vous est consacré ? demande la réalisatrice.

Par Jupiter, je voudrais être ailleurs.

Il incline un peu la tête avant de dire :

– Une charmante fiction.

La réalisatrice a l'air perplexe.

À la réflexion, je comprends. Dans *Ni d'Ève ni d'Adam*, je raconte ma version de notre liaison. Comment la version de Rinri ne différerait-elle pas au point que la mienne lui paraisse une fiction ? Si saint Jean avait pu lire l'Évangile selon saint Matthieu, nul doute qu'il y aurait vu une fiction. Et puis, il a dit que cette fiction était charmante. Je respire. Rinri parle un français plus vrai que le nôtre : ses mots n'ont été usés que par la moitié de sa vie. Quand il dit charmant, ce n'est pas notre adjectif poli, c'est le sens fort de qui distille un charme.

Le pauvre Yumeto, qui est interprète japonais-anglais, ne capte rien de notre échange. Je crains qu'il ne s'ennuie, d'autant qu'il ne cesse de contempler ses genoux. Je jette un regard sous la table et je m'aperçois qu'il est sur Facebook.

Une profusion de coquillages et de fruits de

mer nous occupent ensuite. Nous décortiquons, aspirons, raclons et soupirons d'aise. Yumeto semble avoir oublié son réseau social. Un excellent vin blanc choisi par Rinri nous glisse dans l'âme.

Il questionne aimablement la réalisatrice sur ses goûts littéraires. La jeune femme évoque sa passion pour Louise Labé.

Un m'as-tu-vu s'exclamerait : « Ah, la Belle Cordière ! » ou réciterait l'unique vers de la poétesse dont il se souviendrait. Rinri se contente d'acquiescer avec respect.

– Aimez-vous la poésie ? demande-t-elle.

– C'est ma prédilection, dit-il.

– Quel est votre poète préféré ?

Il prend un sourire ineffable pour répondre :

– Omar Khayyâm.

– C'est magnifique, salue la jeune femme. Ses *Quatrains* sont admirables.

Je rutile d'un orgueil qui ne durera pas, car Rinri se tourne alors vers moi pour m'interroger sur mon poète préféré. Je m'apprête à ouvrir la bouche quand je m'aperçois que mon cerveau a grillé : si je consulte dans ma mémoire le dossier « Poètes », je constate qu'il est vide. En temps normal, ce n'est pas le cas. Mais là, sans doute à cause de l'excès d'émotions de ce voyage et plus particulièrement de ce 4 avril, il me manque une case.

La table entière me regarde, y compris Yumeto qui semble avoir décidé de saisir le français, peut-être pour préciser sur Facebook qui est mon poète préféré. Mon long silence laisse espérer une réponse surprenante. Hélas, il n'y en a pas.

Pour être exacte, le seul nom qui me vienne à l'esprit est Victor Hugo. Je ne vais quand même pas le dire, non que je n'admire pas Hugo poète, mais parce qu'une telle réponse soulignerait davantage la pénurie de mon esprit.

– Eh bien, insiste Rinri.

À la question « Que lisez-vous ? », Victor Hugo – encore lui – répondait avec hauteur : « Une vache ne boit pas de lait. » Il se trouve que je ne suis pas Victor Hugo et que j'ai besoin de lait. Malheureusement, dans ma tête, les neurones sont en grève. Mallarimbaudelappolverlavilloncatubanvibashômaeterlverhaerpétrarquelamarvigny, il y a du magma de poètes dans mon crâne, je ne peux en dégager aucun.

Je suis tentée de dire Louise Labé ou Omar Khayyâm, mais un dernier réflexe d'amour-propre m'en empêche. Je hausse les épaules, vaincue.

Rinri, un peu triste, a l'air de se demander ce qui est arrivé à la personne lettrée qu'il a connue par le passé. Sans doute pense-t-il que je suis désormais le genre d'auteur autosatisfait qui ne lit que lui-même. La vie se fiche bien de nous.

Il y a un dessert que je mange machinalement et qui ne laisse aucune saveur en moi. J'ai eu raison de quitter Rinri, je lui ai rendu service, il était trop bien pour moi, je bois encore de ce vin, il n'y a que ça que je comprenne. Je ne suis pas là. La conversation continue dans un monde parallèle.

Je suis en train de terminer la bouteille quand la réponse m'arrive : depuis que j'ai dix-neuf ans, mon poète préféré est Gérard de Nerval. Chaque matin, quand je prends le métro à l'heure de pointe, je me récite « El Desdichado » pour ne pas périr asphyxiée. Pour des raisons qui me dépassent, le moindre vers de Nerval remue en moi quelque chose de si enterré que je pleure. Ce n'est pas un engouement de salon, c'est un amour que je vis au quotidien et qui me sauve tout en me transperçant de désespoir. Je finirai comme Labrunie, pendue à un réverbère parisien.

J'ai envie de les interrompre pour leur dire que je suis le ténébreux, le veuf, l'inconsolé, le prince d'Aquitaine à la tour abolie, mais Rinri montre des croquis de bijoux qu'il a dessinés et je suis saisie comme les autres par la beauté de ce qu'il fait. Je reviens au présent, avec reconnaissance.

Le dîner se termine, Rinri va repartir dans sa vie. La mienne est une succession d'adieux dont je ne sais jamais s'ils sont définitifs. Je devrais avoir plus d'entraînement que le commun des mortels, c'est le contraire. J'ai connu tant d'adieux que j'en ai le cœur démoli.

Je réunis mes pauvres restes de bravoure pour saluer celui qui fut le premier à me donner le sentiment que j'existais et je vais l'embrasser comme on s'installe sur la chaise électrique.

– Tu m'as appris, il y a plus de vingt ans, un adjectif utile, déclare Rinri avec sérieux et concentration.

– Ah ?

– Indicible. Aujourd'hui est indicible.

Je me souviens. Il le prononce à peine mieux que quand il avait vingt ans. C'est qu'il est ému, lui aussi.

Nous nous étreignons avec une intensité brève.

Je cours me réfugier dans le taxi. Sauvée, je respire. Rinri avait raison, comme toujours. C'était indicible.

Au matin suivant, les réalisateurs ne tarissent pas d'éloges sur Rinri. Je me joins au concert. Personne n'a le front de poser la question à laquelle tout le monde visiblement pense : est-ce que je regrette de m'être enfuie en 1991 ?

Cette question, j'ai osé me la poser cette nuit, et la réponse a fusé . non, je ne regrette pas. Oui, Rinri a de la classe, je suis fière de lui. Mais en le retrouvant, j'ai aussi retrouvé un élément de ce qui fut mon quotidien avec lui : la gêne. À l'époque, je croyais que ce curieux sentiment était consubstantiel à toute liaison prolongée. Depuis, j'ai découvert que l'on pouvait rester plus d'une nuit avec quelqu'un sans que s'installe cet inconfort.

Il n'y a pas que du mal à dire au sujet de la gêne. La langue le prouve : il n'est pire individu qu'un sans-gêne. La gêne est un étrange défaut du centre de gravité : n'est capable de l'éprouver qu'une personne dont le noyau est demeuré flottant. Les êtres solidement centrés ne comprennent pas de quoi il s'agit. La gêne suppose une hypertrophie de la perception de l'autre, d'où la politesse des gens gênés, qui ne vivent qu'en fonction d'autrui. Le paradoxe de la gêne est qu'elle crée un malaise à partir de la déférence que l'autre inspire.

Peut-être tous les couples nippons partagent-ils cette gêne. Je n'en sais rien, je n'ai connu que Rinri. Le fait est là : même s'il existe un charme de la gêne, je ne regrette pas d'avoir choisi des amours qui en étaient exemptes.

Le Shirogane Koen était le lieu de nos rendez-vous amoureux, en 1989. Il était presque toujours désert. Un parc avec un étang entouré d'une coulée de joncs secoués par le vent. En saison, il y avait aussi des iris brandis comme des hallebardes. Je me réjouis de revoir cet endroit si romantique. Ce sera la première fois que j'irai sans Rinri.

Nous débarquons dans un petit terrain de jeu carré.

– Ce n'est pas le parc Shirogane, dis-je.

Yumeto est formel. Il me montre le plan de Tokyo : il y a un seul parc Shirogane et c'est bel et bien cet espace étriqué. Bon. Je ne sais pas de quoi je m'étonne. Ce qui est surprenant, c'était qu'il existait là, en 1989, un grand jardin digne de ce nom. La crise du logement et la crise tout court ont eu raison de cette poésie. Des immeubles ont été construits à la place des iris pour ce motif qu'on n'habite pas un iris. J'ai beau jeu d'en être choquée : moi aussi, je suis heureuse de ne pas habiter un iris.

Finalement, la seule question que je me pose est celle-ci : pourquoi a-t-on laissé un espace appelé parc Shirogane ? Puisque de toute façon l'étang a été bétonné et les joncs rasés, pourquoi n'a-t-on pas poussé la logique économique jusqu'à abolir le nom de ce parc ? Il me semble que cela m'aurait moins brisé le cœur.

J'explique mon raisonnement à Yumeto. Il dit :

– Les gens d'ici ont quand même besoin que leurs enfants jouent quelque part.

Je regarde autour de nous : il y a exactement deux fillettes sur les balançoires. Je trouverais merveilleux que la logique économique ait pensé à ces deux enfants, mais j'ai des doutes. Shirogane signifie « argent blanc ». Par argent, on désigne le métal. Ce mot a connu en japonais la même dérive qu'en français. Le métal est devenu monnaie, la monnaie est devenue fric.

Même si la plupart des parcs citadins ont connu le sort du Shirogane Koen, à cause de son nom, ce parc me paraît emblématique de la triste transformation du monde : il n'y a pas d'avenir pour ce qui n'est que poétique. Le métal blanc évoque davantage à nos oreilles ce qui nous permet d'échapper à la misère que l'orfèvrerie.

Mais je n'ai pas le temps de m'attarder sur ces considérations. Le réalisateur fourmille d'idées. Le terrain de jeu comporte une réduction de montagne d'environ deux mètres de haut : il me la fait escalader et je dois prendre à son sommet la pose du triomphe, telle une héroïne de film de Leni Riefenstahl. « On mettra la musique du *Zarathoustra* de Strauss ! » s'exalte-t-il. La scène sera censée remplacer avantageusement les souvenirs d'ascension du mont Fuji de mes jeunes années. Je mesure ma décrépitude à ce genre de transposition.

Comme le parc est aussi le lieu d'un romantisme aboli, je prends des airs inspirés auprès d'un cerisier en fleur : j'attends le fiancé japonais. Je sais désormais que je peux l'attendre longtemps. Pour ne pas m'ennuyer pendant la pose, j'essaie d'imaginer que Rinri va apparaître. La tranquille assurance du passé laisse place à un vide dont la nature m'échappe. S'il arrivait pour de bon, j'éprouverais à nouveau la fameuse gêne, tandis que là, je n'éprouve tout simplement rien.

Quelques années auparavant, j'ai dû poser pour Jean-Baptiste Mondino, probablement le plus grand artiste qui m'ait photographiée. Comme je m'appliquais à donner de l'expression – joie, étonnement, grimace –, il s'est interrompu avec humeur et m'a apostrophée :

« Peux-tu me dire ce que tu fais ?

– J'essaie de vous donner quelque chose, ai-je balbutié.

– Je ne t'ai rien demandé. C'est ça que je veux : sois vide. N'éprouve rien. »

J'ai obéi. En moins de quatre minutes il a pris

les photos qui seraient retenues. C'est peut-être cela, le but : ne rien éprouver. Je m'aperçois alors que Yumeto, dont la photographie est le violon d'Ingres, est en train de me canarder avec son portable : en connaisseur, il a dû remarquer que j'avais atteint le stade ultime de la photogénie. Ratiboisée par les émotions de la veille, je suis vide.

D'aucuns concluraient que je suis triste, que je regrette. Ce n'est pas le cas. À vingt ans, avec Rinri, j'ai vécu une belle histoire. Cette beauté implique que ce soit fini. C'est ainsi.

Il me revient un souvenir. Quand Rinri me rejoignait au parc Shirogane, à ma joie sincère de le retrouver se mêlait une angoisse secrète : « À présent, il va falloir être heureuse. » Je souris à cette anxiété périmée et je murmure pour moi-même : « Désormais, il ne faut pas être heureuse. »

Tout est accompli. À vingt ans, j'ai fait ce que font les gens de cet âge. Les choses se sont passées idéalement. À deux fois vingt ans, je peux regarder en arrière sans crainte ni regret. Il n'y a pas de dégâts : le fiancé de mes vingt ans ne m'en veut pas, il est heureux, sa vie est réussie, les souvenirs sont bons. En conséquence de quoi il m'échoit une récompense inattendue, celle qu'espèrent les moines zen : je ressens le vide. En Occident, ce constat apparaît comme un échec. Ici, c'est une grâce et je le vis comme telle.

Ressentir le vide est à prendre au pied de la lettre, il n'y a pas à interpréter : il s'agit, à l'aide de ses cinq sens, de faire l'expérience de la vacuité. C'est extraordinaire. En Europe, cela donnerait la veuve, la ténébreuse, l'inconsolée ; au Japon, je suis simplement la non-fiancée, la non-lumineuse, celle qui n'a pas besoin d'être consolée. Il n'y a pas d'accomplissement supérieur à celui-ci.

Les images prises au parc Shirogane, près du cerisier en fleur, seront les plus belles. J'ai toujours été loin du satori, mais ce que j'ai connu là peut en être la miniature : un kenshō. Une épiphanie de cet état espéré, où l'on est de plain-pied avec le présent absolu, l'extase perpétuelle, la joie exhaustive.

Quand on atteint cet état-là, pour le conserver le plus longtemps possible, il faut de la passivité. On ne peut pas s'efforcer à être passif, ce serait une contradiction dans les termes. Alors, je m'imagine que je suis un paquet, et je me laisse transporter.

L'équipe m'emporte à Shibuya, l'un des quartiers les plus bondés de Tokyo. C'est presque l'heure de pointe : on me place au milieu de la foule et on me filme. Le courant humain me meut. Je sens ce flux et ce reflux avec une précision mécanique, j'ai du plaisir à me laisser flotter à son gré. Le réalisateur y participe qui m'indique de la main quand je dois m'arrêter. C'est le maximum d'acte volontaire dont je suis capable. Je stoppe net au milieu du carrefour de Shibuya pendant que des hordes de piétons obéissent à leurs déterminismes respectifs. Personne ne se soucie de personne, les mouvements se produisent avec une exactitude qui prouve l'existence d'un principe organisateur, on pourrait se croire dans une cité télécommandée, on y est peut-être.

Comme ce n'est pas le premier kenshō de ma vie, je reconnais l'impression typique de cette transe : la perception de l'imminence. Il n'y a pas plus fulgurant que cette sensation : je suis au seuil de quelque chose qui est en train de commencer, il y a un commencement gigantesque qui n'en finit pas de débuter, je ne sais pas ce que c'est mais ce qui est perpétuellement en train de s'ouvrir est immense, je ne peux même pas en avertir quiconque, tellement c'est en train d'arriver, là, là, maintenant, juste maintenant, ce mot « maintenant » donne le vertige, il me plaît plus en japonais, *ima*, c'est plus court, on perd moins de temps à signaler que c'est pile en train de se produire.

Les publicités géantes de Shibuya y participent qui m'attrapent dans leurs faisceaux multiples, il est question d'un boys band tokyoïte qui s'appelle Sexy Zone, c'est l'incarnation même du présent, pas besoin d'être grand clerc pour deviner que dans six mois les gamins auront déjà trop vieilli, mais là ils ont pile quinze ans et demi, le minois androgyne sous leur coiffure intersidérale, et les fillettes hurlent de bonheur quand ils sortent des studios de la NHK. On peut se moquer mais il n'y a pas plus réel que ces cris de lycéennes japonaises devant ceux qui, pour cinq minutes encore, sont leurs dieux.

Le croisement de Shibuya est un excellent endroit pour vivre un kenshō, suis-je en train de penser (il n'existe pas d'endroit dans l'infini qui ne soit excellent pour cela), quand intervient un gag : on m'appelle sur le portable de Yumeto. J'avais oublié que, deux semaines auparavant, j'avais accepté ce rendez-vous téléphonique. Yumeto m'apporte en courant son gadget et je me retrouve dans la cohue de Shibuya avec Pascale Clark, en direct sur la principale radio française. Du fond de ma transe, j'ai un vague souvenir qu'il existe un pays appelé France où Pascale Clark est une journaliste célèbre. Elle me pose des questions auxquelles je ne comprends rien. Entre autres, elle me demande de réagir à la hausse de la TVA sur le livre. J'ai une réponse caractéristique du kenshō :

– C'est parfait. Tout ira très bien.

En temps normal, ce n'est pas ce que j'aurais dit. Mais je ne suis pas en temps normal. La journaliste qui ignore mon état s'indigne de mon absence d'indignation et tempête sur les ondes. Comment lui expliquer qu'en cet instant je sais à peine ce qu'est un livre et n'ai aucune idée de ce que peut être la TVA ?

– Croyez-vous vraiment qu'il y ait lieu d'être optimiste ? finit-elle par lancer.

Je persiste dans ma béatitude. Consternée, elle me pose la question convenue :

– Quand rentrez-vous en France ?

Un élan me parcourt et je m'exclame :

– Jamais !

Cela vient du fond du cœur. Je veux rester, ma vie entière, au croisement de Shibuya. Et je n'ai aucune envie de retourner dans ce pays où l'on vous intime de prendre position sur des sujets incompréhensibles.

La journaliste salue et raccroche. Soulagée d'être enfin débarrassée de l'Occident, je rends son téléphone à Yumeto et je plonge dans la foule. Tout ce qui la traverse me traverse. Il y a une ivresse sans bornes à se laisser transir par le déferlement de la multitude. Je ne sais combien de temps défile ainsi. Je voudrais que cela ne s'arrête pas. Je suis une aspirine effervescente qui se dissout dans Tokyo.

6 avril. Ce soir, nous prendrons l'avion pour Paris, via Dubai. C'est encore loin. Aujourd'hui est un jour de tournage comme les autres.

Sauf que je suis en lendemain de la veille. Il ne reste rien du kenshō, sinon le genre de gueule de bois particulière qui succède aux extases prolongées : je suis à bout, sans énergie, un lambeau de néant fatigué.

Cela ne regarde personne et je décide de faire bonne figure. Nous allons au parc d'Ueno : comme la quasi-totalité des Tokyoïtes, nous souhaitons admirer les cerisiers en fleur sous le ciel bleu.

C'est un spectacle auquel j'ai assisté maintes fois : on ne sait de quoi il faut s'émerveiller davantage, de l'éclosion des bourgeons ou du contentement des familles qui ripaillent sous les arbres. Les amoureux effectuent leur tâche d'amoureux et se bécotent en observant le ciel au travers des branches. Les parents expliquent aux enfants à quel exercice d'admiration il convient de souscrire : les plus rétifs pleurent de rage quand les dociles contemplent déjà les pétales avec déférence.

Comme toujours, les seuls qui s'amusent sont les vieux et surtout les vieilles, qui mangent et boivent en se moquant ouvertement des autres. Elles me montrent du doigt en ricanant. J'ai enfoncé mon chapeau sur ma tête pour cacher que je n'en peux plus et je me laisse filmer en déambulant sous les cerisiers. Je vois que c'est beau mais je n'ai pas la force de me réjouir. Les mémés se régalent de ma déconfiture. Elles calculent qu'à mon âge, j'en ai encore pour une trentaine d'années à être polie. Après, je pourrai péter les plombs comme elles.

Pour ne rien arranger, voici que je me mets à avoir faim. Pendant les tournages, je me contrains à jeûner, car dès que je mange, j'attrape un teint de chanoinesse après la dinde de Noël. J'attends le soir pour me nourrir. D'habitude, cela ne me pose pas de problème.

Aujourd'hui, peut-être à cause de ces gens qui se gobergent dans le parc, je crève la dalle. J'ai l'impression que les vieilles s'empiffrent exprès de gâteaux de riz pour me narguer. J'affecte d'être au-dessus de ces contingences.

Normalement, j'aime la faim. C'est une sensation euphorisante qui présage de grandes hypothèses de plaisir. L'affamé perçoit plus fort et mieux, il est suprêmement vivant et ne se pose jamais la stupide question de l'à quoi bon.

La faim que j'éprouve ce 6 avril est une misère. Elle ne s'accompagne d'aucune exaltation. Quand j'ai faim, je me plais à imaginer les mets les plus étonnants ; là, je n'imagine rien, les gâteaux de riz des vieillardes feraient l'affaire pour ce simple motif qu'ils sont sous mon nez.

Pour des raisons qui m'échappent, il faut recommencer chaque prise un nombre sidérant de fois. J'obéis comme un automate, je suis une carcasse creuse qui marche en regardant les cerisiers, pour l'hilarité des Carabosses tokyoïtes.

Ensuite, nous nous rendons au port fluvial de la ville pour une croisière. Absente à moi-même, je m'installe dans le bateau et je me laisse transporter et filmer. À ma connaissance, le fleuve Sumida est le seul du pays à mériter ce nom, preuve qu'il est navigable. Les autres fleuves japonais que j'ai pu voir ressemblent à des rivières ou à des torrents. Il paraît que dans le passé, c'était aussi le cas de la Seine : il a fallu que l'homme s'en mêle pour qu'elle ait son débit actuel de façon à peu près continue.

Là, je me sens comme un fleuve nippon autre que la Sumida : il peut m'arriver d'être en crue mais aujourd'hui je suis au comble de l'étiage. Les gens du bateau m'observent, l'air de se demander pourquoi on filme une absence pareille. Je partage leur opinion.

De retour au port fluvial, le réalisateur propose quelques prises de vues sur la berge. Je lui réponds avec sérieux que si on me filme une seconde de plus, je me suicide. Par bonheur, il m'entend. Sinon, j'aurais tenu parole.

Il en va de la caméra comme d'une tante du troisième âge : on la supporte jusqu'à l'instant où, brusquement, on ne la supporte plus. C'est aussi simple que cela.

Le réalisateur remet l'engin dans le bagage prévu à cet effet. Soudain, je comprends que je suis libérée de cet œil mécanique qui, à l'exception du rendez-vous avec Rinri, ne m'a pas lâchée. La sensation de délivrance me submerge. Je fonce acheter des gâteaux de riz que je dévore dans le taxi qui nous conduit à l'aéroport de Narita.

La tristesse qui aurait dû s'abattre sur moi à l'idée de quitter le Japon une fois de plus ne vient pas : j'ai beau essayer de me pénétrer de ce sentiment, je n'y parviens pas – je n'éprouve qu'une joie formidable à l'idée de ne plus être filmée.

À l'aéroport, je m'assieds devant un écran géant qui donne en temps réel la météo du monde entier. Fascinée, je reste là pendant des heures. À la nuit tombée, je monte dans l'avion, la tête pleine des températures de Johannesburg et d'Helsinki. Je m'endors aussitôt.

Quelques heures plus tard, je suis réveillée par l'intuition qu'il me faut regarder le paysage : j'ouvre le volet du hublot et ce que je découvre me coupe le souffle. L'avion est en train de survoler les sommets de l'Himalaya, dont la blancheur suffit à éclairer les ténèbres. Nous sommes si près de la cime que je rentre le ventre à l'idée de toucher l'Everest. De ma vie, je n'ai eu une vision aussi sublime. Je rends grâce au Japon à qui je la dois.

Je demeure collée à la vitre, à dévisager ces colosses enneigés. La nuit est bénie, qui rend possible cette contemplation : de jour, la violence de la lumière m'aurait obligée à détourner les yeux. De nuit, j'ai l'impression de rencontrer, lors d'une expédition de plongée sous-marine, une famille de baleines bleues, nobles et immobiles, dans ces ténèbres imparfaites des fonds pénultièmes qui permettent d'y voir tellement mieux que les horribles éclairages des hommes.

Je côtoie ces géants avec d'autant plus d'extase qu'ils m'ignorent. Ils répondent à mon amour par l'indifférence bienveillante des chefs-d'œuvre. C'est aussi divin que de lire un très grand livre : je peux sangloter d'exaltation, le texte s'en fiche. Que j'aime cette solitude de l'émerveillement ! Qu'il est bon de n'avoir de comptes à rendre à personne face à l'infini !

Hélas, il n'est pas vrai qu'il n'y a personne : il y a moi, que je ne parviens jamais à abolir. Et aussitôt j'interviens : « Jure-toi, Amélie, que tu n'auras plus jamais de chagrin ni même de mélancolie ; qui a frôlé l'Everest n'en a pas le droit. Le maximum que je t'autorise, désormais, c'est la nostalgie heureuse. » Je jure. Le simple fait d'avoir dû prêter serment signale l'erreur. Je hausse les épaules. L'Himalaya est encore là qui me protège.

Nez au hublot, j'énumère les régions réelles ou fantasmatiques que survole l'avion : Tibet, Népal, Ladakh, Cachemire, Pakistan – monde grandiose que le nôtre ! Habitée par mon serment, j'affirme avec la foi des fous de Dieu que les désespérés sont des crétins bornés. Le prochain malheureux que je rencontre, je lui dirai : « Everest ! Himalaya ! » Et s'il trouve le moyen de ne pas guérir après de telles paroles, c'est qu'il aura mérité de souffrir.

Une voix intérieure m'invite à la prudence : « De telles déclarations se paient. » Je le sais mais je ne le crois pas. Voir l'Everest en tête à tête a eu raison de mon peu de raison. La plus dangereuse de mes faiblesses est sans doute cette porosité exagérée face à l'excès de splendeur. J'y entre à ce point de plain-pied que je me sens adoubée par l'existence du prodige. Les Grecs nous invitent à l'humilité ; l'inverse de cette logique m'a toujours semblé au moins aussi défendable : parce qu'il y a l'Everest, le mont Fuji, le Kilimandjaro, mais encore le Sahara, la

Sibérie, l'Amazonie et les Océans, nous sommes appelés, comme les héros de Corneille, à ne nous refuser aucune aristocratie.

Cette planète nous propose son échelle : comment pourrions-nous nous sentir petits sur une terre qui nous en met plein la vue ? La belle affaire d'apprendre que Jupiter et le Soleil nous surpassent jusqu'à la démesure ! La plupart d'entre nous ne pourront vérifier cette disproportion de leurs yeux, et ce dont on n'a pas fait l'expérience sensorielle nous importe aussi peu que les phrases rabâchées à l'école. Alors que chacun d'entre nous peut contempler la mer, peut escalader une montagne et regarder autour de soi, peut tomber amoureux : l'immensité est mille fois, dix millions de fois plus à notre portée que le minuscule – c'est ainsi que nous sommes tous amenés à aspirer à ce qui nous dépasse, ce qui serait très bien si nous n'étions pas du genre à avoir tant de peine à ne pas l'obtenir.

Le « contact high » désigne la transe que l'on éprouve, à jeun, à côtoyer des gens qui ne le sont pas. Cette expression du milieu des toxicomanes peut s'étendre à d'autres usages : il y a un contact high à écouter Mozart et Beethoven, à lire sainte Thérèse d'Avila ou à tutoyer, par le hublot d'un avion aventureux, le mont Everest survolé de trop près. Nul n'est plus sensible au contact high que moi. Il n'y a pas d'autre explication à trouver à la plupart des drames de ma vie. J'ai un don sinistre pour attraper les fréquences qui coulent dans l'air et pour sentir leur intérêt, mais aussi pour adopter leur rythme.

Dans l'Airbus, les passagers dorment. Nous sommes trois à avoir vu l'invraisemblable sommet à travers la vitre. Cela me rappelle une conversation avec une amie très chère ; elle et moi étions dans le vol Paris-San Francisco, et elle s'étonnait de me voir vissée au hublot en continu.

« Qu'est-ce que tu regardes ? m'a-t-elle demandé.

– Le monde ! ai-je répondu.

– Ah bon ? On le voit ? »

Faut-il préciser que cette amie avait très souvent pris l'avion au cours de son existence ? Je chercherais en vain une conclusion à ce dialogue édifiant.

Atterrissage à Paris le 7 avril en fin de journée.

J'ai beau connaître par cœur le scénario de la descente, je marche à chaque fois. Quand j'aperçois la tour Eiffel, j'écarquille les yeux de joie. Une voix aux accents napoléoniens grandit en moi : « C est la ville où tu as conquis le droit d'habiter. » Impressionnée, je considère mon bonheur et je me réjouis des choses fabuleuses qui vont m'arriver.

C'est oublier la prodigieuse phrase de Colette : « Paris est la seule ville au monde où il n'est pas nécessaire d'être heureux. » L'euphorie suppose un effort que la splendeur parisienne rend superflu. Très vite, le magnifique fleuve qui la déchire devient le Styx, et on ne cesse de le traverser, par indécision. La vie ? La mort ? À quoi bon ? Ceux qui se jettent du haut des ponts le font moins par désir d'en finir que par refus de choisir.

Paris est aussi une armoire mal rangée dont je reçois le contenu sur la tête quand j'ai l'audace d'en ouvrir la porte. En moins de temps qu'il n'en faut pour l'écrire, les problèmes parisiens triomphent de l'enthousiasme.

C'est alors que commence le chant des sirènes. Où sont les bras de Nishio-san ? Je pourrais lui téléphoner. Mais mon japonais est devenu si pauvre qu'il me condamne aux redites affadissantes.

J'appelle Rinri. L'échange est sympathique mais nous n'avons plus grand-chose à nous dire.

Tant de gens me demandent de raconter. J'essaie de répondre et ce que je dis sonne faux. Comment pourrait-il en être autrement ? Je me cogne au mur de l'indicible. Je ne sais s'il faut le racler pour en gagner une infime parcelle ou s'il vaut mieux carrément y creuser une galerie.

Au bout du compte, j'opte pour cette dernière solution. Comme je suis dans une impasse émotionnelle, je décide de partir en voyage.

Cette fois, ma destination est inconnue.

DU MÊME AUTEUR

Aux Éditions Albin Michel

HYGIÈNE DE L'ASSASSIN

LE SABOTAGE AMOUREUX

LES COMBUSTIBLES

LES CATILINAIRES

PÉPLUM

ATTENTAT

MERCURE

STUPEUR ET TREMBLEMENTS, Grand Prix du roman de
l'Académie française, 1999.

MÉTAPHYSIQUE DES TUBES

COSMÉTIQUE DE L'ENNEMI

ROBERT DES NOMS PROPRES

ANTÉCHRISTA

BIOGRAPHIE DE LA FAIM

ACIDE SULFURIQUE

JOURNAL D'HIRONDELLE

NI D'ÈVE NI D'ADAM

Composition : IGS-CP
Impression : CPI Firmin-Didot en novembre 2013
Éditions Albin Michel
22, rue Huyghens, 75014 Paris
www.albin-michel.fr